Publicado originalmente em 1964

Agatha Christie
Um Mistério no Caribe

· TRADUÇÃO DE ·
Samir Machado de Machado

Rio de Janeiro, 2024

Título original: A Caribbean Mystery
Copyright © 1964 Agatha Christie Limited. All rights reserved.

AGATHA CHRISTIE, MARPLE and the AC Monogram Logo are registered trademarks of Agatha Christie Limited in the UK and/or elsewhere. All rights reserved.

Todos os direitos desta publicação são reservados à Casa dos Livros Editora LTDA. Nenhuma parte desta obra pode ser apropriada e estocada em sistema de banco de dados ou processo similar, em qualquer forma ou ameio, seja eletrônico, de fotocópia, gravação etc., sem a permissão do detentor do copyright.

Diretora editorial: *Raquel Cozer*
Gerente editorial: *Alice Mello*
Editor: *Ulisses Teixeira*
Copidesque: *Marina Góes*
Preparação de original: *Isabela Sampaio*
Revisão: *Luiz Felipe Fonseca*
Design gráfico de capa e miolo: *Túlio Cerquize*
Produção de imagens: *Buendía Filmes*
Produção de Objetos: *Fernanda Teixeira e Yves Moura*
Fotografia: *Vinicius Brum*
Diagramação: *Abreu's System*

CIP-Brasil. Catalogação na Publicação
Sindicato Nacional dos Editores de Livros, RJ

C479m
    Christie, Agatha,
        Um mistério no Caribe / Agatha Christie; tradução Samir Machado de Machado. – 1. ed. – Rio de Janeiro: Harper Collins, 2020.
    208 p.

    Tradução de: A caribbean mystery
    ISBN 9788595085909

    1. Ficção inglesa. I. Machado, Samir Machado de. II. Título.

20-63465   CDD: 823
                                                                                     CDU: 82-3(410.1)

Leandra Felix da Cruz Candido – Bibliotecária – CRB-7/6135

Os pontos de vista desta obra são de responsabilidade de seu autor, não refletindo necessariamente a posição da HarperCollins Brasil, da HarperCollins Publishers ou de sua equipe editorial.

HarperCollins Brasil é uma marca licenciada à Casa dos Livros Editora LTDA.
Todos os direitos reservados à Casa dos Livros Editora LTDA.
Rua da Quitanda, 86, sala 601A — Centro
Rio de Janeiro, RJ — CEP 20091-005
Tel.: (21) 3175-1030
www.harpercollins.com.br

*Para meu velho amigo
John Cruikshank Rose,
com lembranças felizes de minha
visita às Índias Ocidentais*

Capítulo 1

O Major Palgrave conta uma história

— Veja todo esse negócio sobre o Quênia — disse o Major Palgrave. — Um monte de camaradas tagarelando sem saber nada a respeito do lugar! Ora, *eu* passei catorze anos lá. E foram alguns dos melhores anos da minha vida...

A velha Miss Marple inclinou a cabeça. Era um gesto gentil de cordialidade. Enquanto o Major Palgrave prosseguiu com as reflexões um tanto desinteressantes sobre sua vida, Miss Marple calmamente buscou os próprios pensamentos. Era uma rotina com a qual a idosa estava bem acostumada. O local variava. No passado, havia sido predominantemente a Índia. Majores, coronéis, tenentes-generais — e uma série de palavras familiares: Shimla, carregadores, tigres, *chota hazri*, *tiffin*, *khitmatgars* e assim por diante. Com o Major Palgrave, os termos eram um pouco diferentes. Safári. Quicuios. Elefantes. Suaíli. O padrão era essencialmente o mesmo, no entanto. Um homem idoso precisa de um ouvinte para que possa, através da memória, relembrar os dias em que fora feliz — dias em que suas costas eram eretas, sua visão aguçada, sua audição acurada. Alguns desses tagarelas haviam sido rapazes bonitos e de porte militar, outros haviam sido lamentavelmente desinteressantes. E o Major Palgrave, com rosto avermelhado, um olho de vidro e a aparência geral de um sapo empalhado, pertencia a esta última categoria.

Miss Marple concedia a todos a mesma cortesia. Atenciosa, inclinava a cabeça de tempos em tempos em uma concordância gentil, pensando seus próprios pensamentos e aproveitando o que tivesse para ser aproveitado: neste caso, o azul profundo do mar do Caribe.

"Tão gentil da parte do querido Raymond", pensava com gratidão. "Muito gentil mesmo..." Por que ele se dava tanto ao trabalho para com sua velha tia, ela não sabia. Consciência, talvez, por prezar a família? Ou pode ser que realmente gostasse dela...

Ela considerou, de modo geral, que ele a *estimava* — desde sempre fora assim —, mas de uma forma levemente exasperada e desdenhosa! Sempre tentando atualizá-la. Enviando livros para que lesse. Romances modernos. Sempre tão difíceis — todos sobre pessoas desagradáveis, fazendo coisas estranhas e, aparentemente, nem se divertindo com isso.

"Sexo" era uma palavra que não era mencionada na juventude de Miss Marple, mas, embora não fosse assunto, ele acontecia aos montes e se aproveitava bem mais do que hoje em dia, ou assim lhe parecia. Ainda que em geral rotulado como Pecado, não podia deixar de sentir que era preferível ao que havia se tornado atualmente — uma espécie de Dever.

Seu olhar se desviou por um momento para o livro aberto em seu colo na página 23, que fora até onde ela chegara (e, de fato, até onde sentiu que chegaria!).

— *Você está querendo dizer que não teve NENHUMA experiência sexual?* — *indagou o rapaz, incrédulo.* — *Aos 19? Mas você precisa. É vital.*

Infeliz, a garota baixou a cabeça, o cabelo liso e oleoso recobrindo sua face.

— *Eu sei* — *murmurou ela.* — *Eu sei.*

Ele olhou para ela, seu suéter velho e manchado, os pés descalços, as unhas sujas, o cheiro rançoso de gordura... e se perguntou por que a achava tão absurdamente atraente.

Miss Marple também se perguntava! Ora essa! Ter uma experiência sexual receitada como se fosse um tônico fortificante! Pobrezinhas...
— Minha querida tia Jane, por que precisa enterrar sua cabeça na areia feito um avestruz? Sempre presa a essa sua idílica vida rural. O que importa é *a vida real*.
Assim era Raymond. Miss Jane Marple sentira-se adequadamente envergonhada e concordara com ele, temendo que fosse mesmo um tanto antiquada.

A vida rural, porém, estava longe de ser idílica. Pessoas como Raymond eram muito ignorantes. No decorrer de suas obrigações com a paróquia do condado, Jane Marple adquirira um conhecimento bastante abrangente dos fatos da vida rural. Não tinha nenhuma pressa em falar deles, muito menos de *escrever* a respeito — mas os conhecia. Muito sexo, normal e anormal. Estupro, incesto, perversões de todo tipo (algumas, de fato, que até o jovem espertinho de Oxford que escrevia livros não parecia conhecer).

Miss Marple retornou ao Caribe e pegou o fio da meada do que o Major Palgrave dizia:
— Uma experiência muito incomum — falou ela, encorajadora. — *Interessantíssima*.
— Eu poderia lhe contar bem mais. Algumas coisas seriam, claro, inadequadas para os ouvidos de uma dama...

Com a naturalidade dos anos de prática, Miss Marple deu piscadinhas ao olhar para baixo, e o Major Palgrave continuou sua versão censurada dos costumes tribais. Miss Marple retomou os pensamentos acerca de seu afetuoso sobrinho.

Raymond West era um escritor de bastante sucesso, ganhava uma boa renda e de modo gentil e consciente fazia tudo que podia para facilitar a vida de sua tia idosa. No inverno anterior, ela pegara pneumonia, e a recomendação médica eram banhos de sol. Em um gesto de grandiosidade, Raymond sugerira uma viagem às Índias Ocidentais. Miss Marple fora contra — as despesas, a distância, as dificuldades de viagem e abandonar sua casa em St. Mary Mead. Mas Raymond já havia resolvido tudo. Um amigo que estava escrevendo um livro precisava de um lugar tranquilo no interior.

— Ele vai cuidar bem da casa, é muito caseiro. Ele é efeminado. Quer dizer...

O sobrinho fez uma pausa, ligeiramente constrangido — mas com certeza até a boa e velha tia Jane já devia ter ouvido falar de homens efeminados.

Ele então continuou tomando providências. Viajar era fácil naqueles dias. Ela iria de avião — outra amiga, Diana Horrocks, estava indo para Trindade e cuidaria para que tia Jane chegasse bem lá, e, em Saint Honoré, ela ficaria no Hotel Golden Palm, que era administrado pelos Sanderson, o casal mais gentil do mundo. Eles tomariam conta dela. Raymond escreveria aos dois imediatamente.

No fim das contas, os Sanderson haviam voltado para a Inglaterra. Mas seus sucessores, os Kendal, vinham sendo bastante gentis e amigáveis, e garantiram a Raymond que ele não precisava se preocupar com a tia. Havia um médico muito bom na ilha para qualquer emergência, e eles próprios ficariam de olho nela e cuidariam de seu conforto.

E os dois cumpriram sua palavra. Molly Kendal era uma loura engenhosa de vinte e tantos, sempre animada. Recepcionara calorosamente a velha dama e fizera de tudo para que ela ficasse confortável. Tim Kendal, o marido esguio, moreno e já em seus trinta anos, também fora a gentileza em pessoa.

Então lá estava ela, pensou Miss Marple, longe dos rigores do clima inglês, com um bom bangalô particular, com meninas caribenhas sorridentes e gentis para atendê-la, Tim Kendal a recebeu no salão de jantar, contando uma piadinha enquanto a aconselhava sobre o cardápio do dia, e um caminho fácil do bangalô até a praia, onde podia se sentar em uma confortável cadeira de vime e observar os banhistas. Havia até mesmo alguns hóspedes idosos para lhe fazer companhia. O velho Mr. Rafiel, o Dr. Graham, o Cônego Prescott e sua irmã, e seu paladino de ocasião, o Major Palgrave.

O que mais uma senhora idosa poderia querer? Era algo a se lamentar profundamente, e Miss Marple sentiu-se culpada até mesmo em admitir para si, mas não estava satisfeita como pensou que estaria.

Clima quente e adorável, sim — e tão bom para o seu reumatismo —, e uma linda paisagem, ainda que talvez... um pouco monótona? *Tantas* palmeiras. Tudo igual todo dia... Nunca acontece *nada*. Não era como em St. Mary Mead, onde algo sempre estava em vias de se desenrolar. Seu sobrinho certa vez dissera que a vida em St. Mary Mead era como a espuma de um lago, e, indignada, ela afirmara que, se colocada sobre a lâmina de um microscópio, haveria bastante vida a ser observada ali. Sim, de fato, em St. Mary Mead sempre havia alguma coisa acontecendo. Um incidente após o outro passou pela mente de Miss Marple: o erro no xarope para tosse da velha Mrs. Linnett — o próprio comportamento estranho do jovem Polegate —, a vez em que a mãe de Georgy Wood viera vê-lo (mas era *mesmo* sua mãe...?), a verdadeira causa da rixa entre Joe Arden e a esposa. Tantos problemas humanos interessantes dando vazão a agradáveis horas de especulação sem fim. Se ao menos houvesse aqui algo que ela pudesse... bem... fuxicar.

Foi com alarme que se deu conta de que o Major Palgrave abandonara o Quênia em favor da Fronteira Noroeste e estava relatando suas experiências como subalterno. Infelizmente, o homem estava lhe perguntando com grande interesse:

— A senhora não concorda?

A longa prática tornara Miss Marple bem preparada para lidar com essa.

— Sinto que não tenho experiência suficiente para julgar. Temo que tenha levado uma vida um tanto protegida.

— E fez bem, cara dama, fez bem! — bradou o Major Palgrave, galante.

— O senhor teve uma vida tão variada — falou Miss Marple, determinada a compensar por sua agradável desatenção anterior.

— Não foi nada mal — disse ele, complacente. — Nada mal mesmo. — Ele olhou apreciativo ao redor. — Lugar adorável, este.

— Sim, de fato — aquiesceu Miss Marple, e então foi incapaz de evitar: — Mas será que alguma coisa jamais acontece por esses lados?

O Major Palgrave a encarou.

— O quê? E como! Muitos escândalos... Ora, se eu lhe contasse...

Porém, não eram escândalos que Miss Marple queria. Não havia nada a fuxicar a respeito dos escândalos de hoje em dia. Apenas homens e mulheres trocando de parceiros, em vez de tentarem abafar o caso de maneira decente e se sentirem adequadamente constrangidos por suas atitudes.

— Houve até mesmo um assassinato alguns anos atrás. Um sujeito chamado Harry Western. Criou um grande burburinho nos jornais. Ouso dizer que a senhora lembrará.

Miss Marple assentiu sem entusiasmo. Não era seu tipo de assassinato. Fez um grande burburinho, sim, mas só porque todos os envolvidos eram muito ricos. Parecera bem provável que Harry Western alvejara o Conde de Ferrari, amante de sua esposa, e igualmente provável que seu conveniente álibi tinha sido arranjado e pago. Todo mundo parecia ter estado bêbado e havia uma boa quantidade de viciados em drogas também. Não eram pessoas muito interessantes, pensou Miss Marple — ainda que, sem dúvida, bastante espetaculares e atraentes de se *olhar*. Mas definitivamente não era a praia dela.

— E, se me perguntar, aquele não foi o único assassinato na época. — Ele assentiu e piscou. — Tenho minhas suspeitas... Ah!... Bem...

Miss Marple deixou cair seu novelo de lã, e o major o recolheu para ela.

— Falando em assassinatos — disse ele. — Uma vez me deparei com um caso deveras curioso... Não exatamente em pessoa.

Miss Marple sorriu, encorajadora.

— Muitos camaradas conversando no clube certo dia, sabe, e um começa a contar uma história. Era médico, o sujeito. O caso era o seguinte: um jovem vem e bate à sua porta no meio da noite. A esposa havia se enforcado. Eles não tinham telefone, então, depois que o marido cortou a corda e fez o que podia, saiu de carro atrás de um médico. A mulher não estava morta, mas já estava bem encaminhada. De todo modo, conseguiu sobreviver. O jovem parecia devotado a ela. Chorava feito criança. Disse que havia notado que ela estava estranha fazia algum tempo, com episódios de depressão. Bem, era isso. Tudo parecia em ordem. Mas, na realidade, um mês depois, a esposa tomou uma overdose de um negócio para dormir e faleceu. Caso triste.

O Major Palgrave fez uma pausa, balançando a cabeça várias vezes. Uma vez que parecia óbvio que havia mais a caminho, Miss Marple aguardou.

— E era isso, você diria, certo? Nada mais. Mulher neurótica, nada fora do comum. Mas, cerca de um ano depois, esse médico estava conversando casualmente com um colega de profissão, e o outro lhe contou sobre uma mulher que tentou se afogar, mas cujo marido a resgatou, conseguiu um médico e eles a salvaram... e então, algumas semanas depois, ela se matou com gás. Que bela coincidência, hein? O mesmo tipo de história. Meu camarada disse: "Tive um caso mais ou menos assim. O nome era Jones ou algo parecido. Qual era o nome do seu?" "Não lembro. Robinson, acho. Com certeza não era Jones." Bem, os camaradas olharam um para o outro e disseram que era mesmo estranho. E então meu amigo sacou uma fotografia e mostrou para o colega. "É ele mesmo", disse, "eu fui lá no dia seguinte ver os detalhes, e percebi uma espécie magnífica de hibisco bem na frente da porta, uma variedade que nunca tinha visto nesse país. Minha câmera estava no carro e tirei uma foto. Bem quando apertei o botão, o marido saiu pela porta da frente, então o capturei junto. Acho que

· UM MISTÉRIO NO CARIBE ·   **13**

ele não percebeu. Perguntei-lhe sobre o hibisco, mas ele não sabia dizer o nome". O segundo médico olhou para a foto e disse: "Está um pouco fora de foco, mas posso jurar, tenho quase certeza, *que é o mesmo homem.*" Não sei se os dois médicos foram atrás disso, mas, se foram, não chegaram a lugar algum. Imagino que Mr. Jones ou Robinson tenha encoberto suas pistas muito bem. Mas é uma história esquisita, não é? Não achei que coisas assim pudessem acontecer.

— Ah, eu sim — disse Miss Marple, plácida. — Praticamente todo dia.

— Ora, convenhamos. Isso é um pouco fantástico.

— Se um homem encontra uma fórmula que funcione, não vai parar. Ele continua.

— Como as noivas na banheira, certo?

— Isso, esse tipo de coisa.

— O médico me deixou ficar com a foto como *souvenir*...
— O Major Palgrave se pôs a fuçar uma carteira abarrotada, murmurando para si próprio: — Nossa, quanta coisa aqui... Não sei por que guardo todas essas porcarias...

Miss Marple achava que sabia. Eram parte do estoque de reserva do major. Ilustravam seu repertório de histórias. A história que ele acabara de contar, ou assim ela suspeitava, não era originalmente daquela maneira — tinha sido bem trabalhada em repetidos relatos.

O major ainda fuçava e murmurava:

— Tinha esquecido *disso*. Era uma mulher bonita, você nunca suspeitaria de que... Agora, onde está... Ah... Isso me refresca a memória... Que dentes compridos! Tenho que lhe mostrar...

Ele parou, selecionou uma pequena fotografia e a contemplou.

— Gostaria de ver o retrato de alguém que cometeu um assassinato?

Ele estava para lhe passar a foto quando seu movimento foi subitamente interrompido. Parecendo mais do que nunca um sapo empalhado, o Major Palgrave pareceu olhar fixamente algo por sobre o ombro direito dela — de onde vieram os sons de passos se aproximando e vozes.

— Ora, maldição... Quer dizer... — Ele empurrou tudo de volta para a carteira e a enfiou no bolso.

Seu rosto assumiu um tom vermelho ainda mais profundo. Ele disse, em um tom alto e artificial:

— Como eu estava lhe dizendo, gostaria de ter lhe mostrado aquelas presas de elefante, o maior elefante que já derrubei... Ah, olá! — disse, a voz assumindo um tom caloroso ainda que falso. — Olhe quem está aqui! O grande quarteto, flora e fauna. Tiveram sorte hoje?

Os passos se aproximando tomaram a forma de quatro hóspedes do hotel que Miss Marple já conhecia de vista. Consistiam em dois casais, e ainda que Miss Marple não soubesse seus sobrenomes, sabia que o homenzarrão com o tufo de cabelo grisalho penteado era chamado de Greg, que a loura, sua esposa, era conhecida como Lucky — e que o outro casal, o moreno esguio e a mulher bonita, mas maltratada pelo clima, eram Edward e Evelyn. Eram botânicos, até onde sabia, e também interessados em pássaros.

— Sem sorte alguma — disse Greg. — Ao menos não em conseguir o que procurávamos.

— Creio que ainda não conheçam Miss Marple. O Coronel e Mrs. Hillingdon, e Greg e Lucky Dyson.

Eles a cumprimentaram, afáveis, e Lucky falou bem alto que ia morrer se não conseguisse um drinque logo.

Greg acenou para Tim Kendal, que estava sentado um pouco distante com a esposa, olhando livros de contabilidade.

— Oi, Tim. Traga uns drinques para nós, por favor? — Então voltou-se aos demais: — Ponche de Planter?

Eles concordaram.

— O mesmo para a senhora, Miss Marple?

Miss Marple agradeceu, mas preferiria limonada.

— Limonada, então — disse Tim Kendal. — E cinco ponches de Planter.

— Você nos acompanha, Tim?

— Bem que eu gostaria. Mas tenho que fechar essas contas. Não posso deixar tudo para Molly. A propósito, teremos banda de metais, hoje à noite.

— Boa — disse Lucky. — Droga. — Fez uma careta. — Estou toda cheia de espinhos. Ai! Edward me jogou de propósito contra um arbusto de espinhos!

— Florzinhas cor-de-rosa adoráveis — disse Hillingdon.

— E espinhos adoráveis. Você é um bruto sádico, não é, Edward?

— Diferente de mim — falou Greg, sorrindo. — Cheio do néctar da bondade humana.

Evelyn Hillingdon sentou-se ao lado de Miss Marple e se pôs a conversar com ela de um modo aberto e agradável.

Miss Marple pôs o livro no colo. Devagar e com alguma dificuldade, devido ao reumatismo no pescoço, virou a cabeça e olhou para trás. A alguma distância estava o grande bangalô ocupado pelo abastado Mr. Rafiel. Mas não havia sinal de vida.

Ela retrucava de modo adequado às observações de Evelyn (de fato, como as pessoas eram gentis com ela!), mas seus olhos esquadrinhavam, pensativos, as faces dos dois homens.

Edward Hillingdon parecia um homem bom. Quieto, mas com muito charme. E Greg era grande, falastrão e de aparência alegre. Ele e Lucky eram canadenses ou americanos, julgou.

E então olhou para o Major Palgrave, ainda afetando uma bonomia um pouco excessiva.

Interessante...

Capítulo 2

Miss Marple faz comparações

Estava tudo muito alegre naquela noite no Hotel Golden Palm. Sentada em sua mesinha no canto, Miss Marple olhava ao redor com bastante interesse. O salão de jantar era grande e aberto em três lados e recebia a suave brisa morna e perfumada das Índias Ocidentais. Havia pequenos abajures nas mesas, todos levemente coloridos. A maioria das mulheres usava vestidos de noite: estampados leves de algodão dos quais emergiam ombros e braços bronzeados. A própria Miss Marple fora instada pela esposa de seu sobrinho, Joan, do modo mais doce possível, a aceitar "um pequeno cheque".

— Porque, tia Jane, vai estar bastante quente por lá, e não creio que a senhora tenha roupas leves.

Jane Marple lhe agradeceu e aceitou o cheque. Ela chegara à idade em que era natural os mais velhos darem suporte financeiro aos mais jovens, mas também aos de meia-idade cuidarem dos mais velhos. Não poderia, contudo, se forçar a comprar nada *tão* leve! Em sua idade, ela não se sentia mais do que agradavelmente aquecida mesmo no clima mais quente, e a temperatura em St. Honoré não era bem o que se considerava um "calor tropical". Naquela noite, vestira-se na melhor tradição das damas provincianas da Inglaterra — renda cinza.

Não que fosse a única pessoa de idade presente. Havia representantes de todas as idades no salão: magnatas idosos com suas jovens terceiras ou quartas esposas, casais de meia-idade do norte da Inglaterra e uma alegre família de Caracas, com filhos e tudo. Os vários países da América do Sul estavam bem representados, todos conversando alto em espanhol ou português. Havia um sólido fundo inglês, com dois clérigos, um médico e um juiz aposentado. Havia até uma família chinesa. O serviço do salão de jantar era feito quase todos por mulheres, moças negras e altas de porte orgulhoso, vestidas de branco impecável, mas havia um experiente garçom italiano no comando e um *sommelier* francês, além do olhar atento de Tim Kendal pairando sobre tudo, detendo-se aqui e ali para trocar algumas palavras com as pessoas nas mesas. Sua esposa o acompanhava com habilidade. Era uma moça bem-apessoada. Seu cabelo era de um louro dourado natural, e ela tinha uma boca larga, generosa e de riso fácil. Era muito raro que Molly Kendal se mostrasse de mau humor. Sua equipe trabalhava para ela com entusiasmo, e a patroa adaptava seus modos com cuidado para se adequarem a cada hóspede. Com os homens idosos, ela ria e flertava, e elogiava as jovens por suas roupas.

— Ah, que vestido arrasador esse seu de hoje, Mrs. Dyson. Estou com tanta inveja que poderia arrancá-lo de suas costas.

Mas Molly parecia muito bem no próprio vestido, ou assim Miss Marple pensou: um branco justo, com um xale de seda verde bordado jogado sobre os ombros. Lucky acariciou a peça.

— Adorei a cor! Queria um igual!

— Temos para vender na loja daqui — respondeu Molly, de passagem.

Ela não parou na mesa de Miss Marple. As senhoras idosas, em geral, eram deixadas para seu marido. "As velhinhas queridas gostam mais dos homens", costumava dizer.

Tim Kendal veio e fez uma mesura para Miss Marple.

— A senhora gostaria de algo especial? — perguntou. — Porque basta me dizer, e consigo que seja preparado especialmente para a senhora. Comida de hotel, ainda por cima semitropical, não é bem o que a senhora come em casa, suponho?

Miss Marple sorriu e disse que esse era justamente um dos prazeres de se viajar para o estrangeiro.

— Está certo, então. Mas se houver *alguma* coisa...

— Como o quê?

— Bem... — Tim Kendal pareceu um pouco hesitante. — Pudim de pão amanteigado? — arriscou.

Miss Marple sorriu e disse que podia ficar muito bem sem pudim de pão amanteigado por enquanto.

Ela pegou a colher e começou a comer seu sundae de maracujá com apreço jovial.

Então a banda de metais começou a tocar. As bandas de tambores de metal eram uma das principais atrações da ilha. Verdade seja dita, Miss Marple poderia ter passado muito bem sem elas. Considerava que faziam um barulho horrível, desnecessariamente alto. O prazer que todos os demais tinham com a atração era, contudo, inegável, e Miss Marple, no verdadeiro espírito de sua juventude, decidiu que, se não havia outro jeito, precisava aprender a gostar deles, de algum modo. Não podia esperar que Tim Kendal conjurasse de algum lugar os suaves acordes do Danúbio Azul (dançar valsa... tão gracioso). Muito peculiar o modo como as pessoas dançavam nos dias de hoje. Balançando para lá e para cá, parecendo um tanto contorcidas. Bem, os jovens deviam gostar e... Seus pensamentos foram interrompidos. Parando para pensar agora, pouquíssimas pessoas ali *eram* jovens. A dança, as luzes, a música da banda (até mesmo a banda em si), tudo isso com certeza era para *jovens*. Mas onde estava a juventude? Estudando, supôs, nas universidades, ou trabalhando... com quinze dias de férias por ano. Um lugar como aquele era muito distante e caro. Essa vida alegre e desregrada era toda para os trintões e quarentões — e os velhos que estavam tentando viver (ou descer) à altura de suas jovens esposas. Tudo aquilo parecia, de certo modo, uma *lástima*.

Miss Marple suspirou pela juventude. Havia Mrs. Kendal, é claro. Ela não tinha mais que 22 ou 23, provavelmente, e parecia estar se divertindo — mas, mesmo assim, o que a moça estava fazendo ali era seu *trabalho*.

Sentados a uma mesa próxima, estavam o Cônego Prescott e sua irmã. Acenaram para Miss Marple se juntar a eles para o café, e assim ela fez. Miss Prescott era uma mulher magra de aparência severa, o cônego era um homem redondo e corado, e exalava entusiasmo.

O café veio, e todos afastaram um pouquinho as cadeiras das mesas. Miss Prescott abriu a bolsa de crochê e tirou alguns descansos de prato sinceramente horrorosos que estava bordando. Ela contou para Miss Marple tudo sobre os eventos do dia. Haviam visitado uma nova escola para meninas pela manhã. Após um descanso à tarde, deram uma caminhada por uma plantação de cana para tomar chá em uma pensão onde alguns amigos deles estavam hospedados.

Uma vez que os Prescott estavam no Golden Palm há mais tempo que Miss Marple, puderam esclarecê-la a respeito de alguns de seus companheiros de hospedagem.

Aquele homem muito velho, Mr. Rafiel. Ele vinha todo ano. Absurdamente rico! Era dono de uma enorme rede de supermercados no norte da Inglaterra. A jovem mulher com ele era sua secretária, Esther Walters — uma viúva. (Tudo *corretíssimo*, é claro. Nada impróprio. Afinal, o homem tinha quase 80 anos!)

Miss Marple aceitou a adequação do relacionamento com um meneio compreensivo, e o cônego observou:

— Uma jovem muito simpática. Sua mãe, pelo que compreendo, é uma viúva que vive em Chichester.

— Mr. Rafiel tem um valete com ele também. Ou algo como um enfermeiro de prontidão... O rapaz, Jackson, é massagista qualificado, acredito. O pobre Mr. Rafiel está praticamente paralisado. Tão triste... E com todo aquele dinheiro.

— Um doador generoso e animado — disse o cônego Prescott, com aprovação.

As pessoas foram se reagrupando ao redor, algumas se afastando da banda, outras se aglomerando à frente. O Major Palgrave juntou-se ao quarteto Hillingdon-Dyson.

— Agora, essa gente ali... — falou Miss Prescott, baixando a voz um tanto sem necessidade, uma vez que a banda de metais a abafava.

— Sim, eu ia lhe perguntar a respeito deles.

— Estiveram aqui no ano passado. Passam três meses todo ano nas Índias Ocidentais, circulando entre as diferentes ilhas. O homem alto e magro é o Coronel Hillingdon, e a mulher morena é sua esposa... Ambos são botânicos. Os outros dois, Mr. e Mrs. Gregory-Dyson, são americanos. Ele escreve sobre borboletas, creio. E todos têm interesse em pássaros.

— É bom para as pessoas terem passatempos ao ar livre — disse o Cônego Prescott, entusiasmado.

— Não creio que gostariam de escutá-lo chamando aquilo de passatempos, Jeremy — disse a irmã. — Eles têm artigos publicados na *National Geographic* e no *Royal Horticultural Journal*. Eles se levam bastante a sério.

Um estouro alto de gargalhadas irrompeu da mesa que vinham observando. Fora alto o bastante para se sobrepor à música. Gregory Dyson estava se reclinando para trás na cadeira e batendo na mesa, sua esposa protestava e o Major Palgrave esvaziava o copo e parecia aplaudir.

Dificilmente poderiam ser qualificados naquele momento como pessoas que se levavam a sério.

— O Major Palgrave não deveria beber tanto — disse Miss Prescott, ácida. — Ele tem pressão alta.

Um novo suprimento de ponche de Planter foi trazido à mesa.

— É tão bom saber quem é quem — comentou Miss Marple. — Quando os conheci hoje à tarde não tive certeza de quem era casado com quem.

Houve uma ligeira pausa. Miss Prescott tossiu uma tossezinha seca e disse:

— Bem, quanto a isso...

— Joan — falou o cônego, em tom de repreensão. — Talvez seja mais sábio não dizer nada.

— Sinceramente, Jeremy, eu não ia dizer *nada*. Apenas que ano passado, por alguma razão ou outra... Eu realmente não sei *por quê*... Tivemos a impressão de que Mrs. Dyson era Mrs. Hillingdon até que alguém nos disse o contrário.

— É curioso como se tem impressões, não é? — comentou Miss Marple, inocentemente.

Seus olhos encontraram os de Miss Prescott por um instante. Um lampejo de compreensão feminina passou entre elas.

Um homem mais sensível que o Cônego Prescott poderia sentir-se dispensável.

Outro sinal foi passado entre as mulheres. Dizia tão claro quanto se as palavras tivessem sido pronunciadas: "Em outra vida..."

— Mr. Dyson chama a esposa de Lucky. Esse é o nome real dela ou um apelido? — perguntou Miss Marple.

— Acho difícil que seja o nome real.

— Eu, por acaso, perguntei a ele — falou o cônego. — Disse que a chama de Lucky porque ela é seu amuleto da sorte. Se a perder, segundo ele, perderá a sorte também. Muito bem colocado, pensei.

— Ele gosta de piadas — disse Miss Prescott.

O cônego encarou a irmã com alguma dúvida.

A banda se superou com uma explosão cacofônica e uma trupe de dançarinos correu para a pista.

Miss Marple e os demais viraram suas cadeiras para observar. Ela gostou da dança mais do que da música. Gostou do movimento dos pés e do gingado rítmico dos corpos. Parecia, pensou, *real*. Tinha certo poder eufemístico.

Naquela noite, pela primeira vez, ela começou a se sentir ligeiramente em casa em seu novo ambiente. Até então, sentira falta do que em geral encontrava com facilidade, os pontos de semelhança entre as pessoas que ia conhecendo e as pessoas que já conhecia. Provavelmente tinha sido ofuscada pelas roupas alegres e as cores exóticas, mas logo sentiu-se capaz de fazer algumas comparações interessantes.

Molly Kendal, por exemplo, era como aquela garota simpática cujo nome você não conseguia lembrar, mas que era motorista no ônibus de Market Basing. Ela ajudava a pessoa a entrar e nunca dava partida antes de ter certeza de que você já estivesse sentada em segurança. Tim Kendal era um pouquinho como o garçom-chefe do Royal George em Medchester. Autoconfiante e, ainda assim, ao mesmo tempo, preocupado (ele tivera uma úlcera, pelo que lembrava). Quanto ao Major Palgrave, era indistinguível do General Leroy, do Capitão Flemming, do Almirante Wicklow e do Comandante Richardson. Ela continuou sua análise com alguém mais interessante. Greg, por exemplo? Greg era difícil, porque era norte-americano. Uma pitada de Sir George Trollope, talvez, sempre cheio de piadas nos encontros da Defesa Civil — ou talvez Mr. Murdoch, o açougueiro. Mr. Murdoch tivera uma reputação um tanto ruim, mas algumas pessoas diziam ser apenas fofocas, e que o próprio Mr. Murdoch gostava de encorajar esses rumores! E Lucky? Bem, essa era fácil — Marleen do Três Coroas. Evelyn Hillingdon? Essa ela conseguia encaixar com precisão. Na aparência, a mulher se encaixava em muitos papéis — havia muitas inglesas altas, magras e maltratadas pelo clima. Lady Caroline Wolfe, a primeira esposa de Peter Wolfe, que havia cometido suicídio? Ou então Leslie James — aquela mulher quietinha que quase nunca demonstrava o que sentia e que havia vendido a casa e ido embora sem nunca contar a ninguém que estava indo embora. O Coronel Hillingdon? Nenhuma pista imediata ali. Precisaria conhecê-lo um pouquinho melhor antes. Era um desses homens quietos de bons modos. Nunca se sabe no que eles estão pensando. Às vezes, eles nos surpreendem. O Major Harper, ela lembrava, havia calmamente cortado a garganta um dia. Ninguém nunca soube por quê. Miss Marple acreditava que sabia — mas nunca teve convicção...

Seus olhos desviaram para a mesa de Mr. Rafiel. A principal coisa a respeito dele é que era incrivelmente rico, vinha todo ano às Índias Ocidentais, era semiparalítico e parecia-se com uma velha ave de rapina enrugada. Suas roupas pendiam largas sobre sua forma encolhida. Podia ter 70 ou 80, ou mesmo 90. Seus olhos eram astutos, e, com frequência, o homem era grosseiro, mas as pessoas raramente se ofendiam, em parte por ele ser muito rico, em parte por causa de sua personalidade dominadora que hipnotizava o outro a pensar que, de algum modo, Mr. Rafiel tinha o direito de ser deselegante se assim quisesse.

Com ele se sentava a secretária. Mrs. Walters tinha o cabelo cor de milho e um rosto agradável. Mr. Rafiel era mal-educado com ela muitas vezes, mas a jovem nunca parecia perceber — não era tão subserviente quanto era desatenta. Comportava-se como uma enfermeira hospitalar bem treinada. Possivelmente, pensou Miss Marple, ela havia sido enfermeira.

Um homem jovem, alto e bem-apessoado, usando jaqueta branca, se colocou ao lado da cadeira de Mr. Rafiel. O velhote olhou para ele, assentiu e então lhe indicou uma cadeira. O jovem sentou-se conforme lhe fora mandado.

— Mr. Jackson, presumo — disse Miss Marple para si mesma. — Seu valete.

Ela estudou Mr. Jackson com certa atenção.

No bar, Molly Kendal alongou as costas e tirou os sapatos de salto alto. Tim veio do terraço para se juntar a ela. Eles tinham o bar só para si no momento.

— Cansada, querida? — perguntou ele.

— Só um pouquinho. Meus pés estão doendo esta noite.

— Não é demais para você, é? Tudo isso? Sei que o trabalho é pesado. — Ele a observou com ansiedade.

Ela riu.

— Ah, Tim, não seja ridículo. Eu amo isso aqui. É lindo. O tipo de sonho que sempre tive, realizado.

— Sim, estaria tudo bem... se fôssemos apenas hóspedes. Mas comandar o show... dá trabalho.

— Bem, não se consegue nada de graça, não é? — disse Molly Kendal, razoável.

Tim Kendal franziu a testa.

— Você acha que está tudo indo bem? Que é um sucesso? Que estamos no caminho certo?

— É claro que sim.

— Não acha que as pessoas estejam dizendo "não é a mesma coisa do que quando os Sanderson estavam aqui"?

— É óbvio que *alguém* vai dizer isso... Sempre dizem! Mas será só algum velho careta. Tenho certeza de que somos melhores no serviço do que eles eram. Nós somos mais glamourosos. Você encanta as velhas senhoras e passa a impressão de que quer fazer amor com as quarentonas e cinquentonas desesperadas, eu olho para os velhos cavalheiros e faço com que se sintam uns garanhões... Ou banco a doce filhinha que os mais sentimentais gostariam de ter. Ah, nós damos conta de tudo esplendidamente.

A preocupação de Tim desapareceu.

— Contanto que *você* ache isso. Eu fico assustado. Arriscamos tudo quando decidimos fazer disso nosso ganha-pão. Eu larguei meu trabalho...

— E fez muito bem — retrucou Molly rapidamente. — Era um trabalho de destruir a alma.

Ele riu e beijou-lhe a ponta do nariz.

— Já disse que damos conta de tudo — falou ela. — Por que sempre se preocupa?

— Sou assim, acho. Sempre pensando, supondo que algo possa dar errado.

— Que tipo de coisa...

— Ah, sei lá. Alguém pode se afogar.

— Esse pessoal não. Essa é uma das praias mais seguras. E temos aquele sueco imenso sempre de guarda.

— Sou um idiota — disse Tim Kendal. Hesitou, e então foi em frente: — Você... não teve mais nenhum daqueles sonhos, teve?

— Aquilo era bobagem — respondeu Molly, e riu.

Capítulo 3

Morte no hotel

Miss Marple tomou seu café da manhã na cama como de costume. Chá, um ovo cozido e uma fatia de graviola.

As frutas de ilha, pensou ela, eram um tanto desapontadoras. Parecia ser sempre graviola. Se pudesse ter uma boa maçã agora... Mas maçãs pareciam ser desconhecidas naquele lugar.

Agora que estava ali havia uma semana, Miss Marple se curara do impulso de perguntar como estava o clima. O clima era sempre o mesmo — bom. Sem variações interessantes.

— "O muito esplendoroso clima de um dia inglês" — murmurou consigo mesma, e se perguntou se era uma citação ou se tinha inventado aquilo.

Havia, claro, furacões, ou assim entendera. Mas furacões não são clima, na compreensão de mundo de Miss Marple. Estavam mais para um Ato Divino. Havia chuva, tempestades curtas e violentas que duravam cinco minutos e paravam de súbito. Tudo e todos ficavam ensopados, mas, em outros cinco minutos, estavam secos outra vez.

A menina negra nativa sorriu e disse bom dia enquanto depositava a bandeja nos joelhos de Miss Marple. Seus dentes brancos eram adoráveis. Era uma jovem muito feliz e sorridente. Boa índole, todas essas meninas, uma pena que fossem tão avessas a se casarem. Isso preocupava o Cônego

Prescott um bocado. Muitos batizados, ele dizia, tentando se consolar, mas poucos casamentos.

Miss Marple tomou seu café da manhã e decidiu como passaria o dia. Na realidade, não precisava ponderar muito. Ela se levantaria sem pressa, movendo-se devagar, pois estava um tanto quente e seus dedos não eram tão ágeis como costumavam ser. Então descansaria por mais ou menos dez minutos, pegaria seu tricô e caminharia lentamente em direção ao hotel e decidiria onde se sentar. No terraço, observando o mar? Ou deveria ir até a praia para olhar os banhistas e as crianças? Em geral, era o último. À tarde, depois de seu descanso, poderia dar um mergulho. Não fazia muita diferença, para ser honesta.

Hoje seria um dia igual a qualquer outro, disse a si mesma.

Mas, é claro, estava enganada.

Miss Marple seguiu sua programação como planejado e estava percorrendo seu caminho ao longo da trilha em direção ao hotel quando encontrou Molly Kendal. Pela primeira vez, a jovem não estava sorrindo. Seu ar perturbado era tão incomum que Miss Marple perguntou:

— Minha querida, aconteceu alguma coisa?

Molly assentiu. Ela hesitou e, então, disse:

— Bem, a senhora precisa saber... Todos precisam saber. É o Major Palgrave. Ele está morto.

— Morto?

— Sim. Morreu durante a noite.

— Ah, querida, eu sinto *muito*...

— Sim, é horrível ter uma morte aqui. Deixa todo mundo deprimido, mas é claro que ele era idoso...

— Ele parecia muito bem e alegre ontem — comentou Miss Marple, um pouco ressentida com essa calma presunção de que todo mundo em idade avançada é passível de morrer a qualquer minuto. — Ele parecia bem saudável — acrescentou.

— Ele tinha pressão alta — disse Molly.

— Mas com certeza deve haver algo que se tome hoje em dia, algum tipo de comprimido. A ciência é maravilhosa.

— Ah, sim, mas talvez ele tenha se esquecido de tomar os remédios, ou tomado-os em excesso. Como insulina, a senhora sabe.

Miss Marple não achava que diabetes e pressão alta fossem a mesma coisa. Ela perguntou:

— O que o médico disse?

— Ah, o Dr. Graham, que está praticamente aposentado agora e mora no hotel, deu uma olhada nele, e uma equipe veio, é claro, para dar o certificado de óbito oficialmente, mas tudo pareceu bastante direto. Esse tipo de coisa é bastante possível de acontecer quando se tem pressão alta, especialmente se você abusa do álcool, e o Major Palgrave vinha sendo muito atrevido nesse sentido.

— Sim, percebi — falou Miss Marple.

— Ele provavelmente se esqueceu de tomar os remédios. Foi má sorte para o velho garoto... Mas as pessoas não podem viver para sempre, certo? É terrivelmente preocupante... para mim e para Tim, quero dizer. As pessoas podem insinuar que foi algo na comida.

— Mas com certeza os sintomas de intoxicação alimentar e os de pressão alta são *muito* diferentes, não?

— São, mas as pessoas falam essas coisas com facilidade. E se elas decidirem que a comida estava ruim e forem embora, ou contarem aos amigos...

— Eu realmente não creio que você precise se preocupar — afirmou Miss Marple, gentil. — Como você disse, um homem idoso como o Major Palgrave... Ele devia ter passado dos 70... É bem passível de morrer. Para a maioria das pessoas, pareceria uma ocorrência bastante extraordinária; triste, mas não de todo incomum.

— Se ao menos — disse Molly, infeliz — não tivesse sido tão *repentino*.

Sim, tinha sido bastante repentino, pensou Miss Marple enquanto caminhava devagar. Ele estivera ali na noite anterior, rindo e falando muito animadamente com os Hillingdon e os Dyson.

Os Hillingdon e os Dyson... Miss Marple caminhou ainda mais devagar. E finalmente parou. Em vez de ir para a praia, ela se posicionou em um canto sombreado do terraço. Tirou seu crochê da bolsa e as agulhas clicaram rápidas como se tentassem acompanhar a velocidade de seu pensamento. Ela não gostava... Não, ela não gostava. Foi muito oportuno.

Miss Marple repassou os acontecimentos do dia anterior em sua mente.

O Major Palgrave e suas histórias...

Fora tudo bastante comum e não era preciso escutar com atenção. Talvez, contudo, teria sido melhor se ela tivesse.

Quênia... Ele havia mencionado o Quênia e então a Índia, a Fronteira Noroeste. E depois, por alguma razão, chegaram a assassinato... E mesmo *então* ela não estava atenta.

Algum caso famoso que havia acontecido ali, que estivera nos jornais...

Foi depois disso, quando pegou seu novelo de lã, que o major começou a contar histórias sobre a fotografia: *a fotografia de um assassino*, foi isso que ele dissera.

Miss Marple fechou os olhos e tentou se lembrar exatamente de como essa história havia se passado.

Havia sido um relato um tanto confuso, contado ao major em seu clube ou no clube de outra pessoa, dito a ele por um médico que o havia escutado de outro, e um dos médicos havia tirado uma foto de alguém saindo de casa, alguém que era um assassino.

Sim, era isso. Os detalhes estavam voltando a ela agora.

E ele havia se oferecido para lhe mostrar o retrato. Pegara a carteira e começara a procurar ali dentro, tomando todo o tempo...

E então, enquanto ainda falava, olhara para cima — não para ela, mas para alguém atrás dela, por cima de seu ombro direito, para ser mais exata. E aí parara de falar e seu rosto foi ficando vermelho... Ele começou a colocar tudo de volta na carteira com mãos levemente trêmulas e disse algo em uma voz alta e incomum acerca de presas de elefantes!

No instante seguinte, os Hillingdon e os Dyson se juntaram a eles.

Foi então que ela virou a cabeça para olhar, mas não havia nada nem ninguém a vista. À sua esquerda, a alguma distância, na direção do hotel, estavam Tim Kendal e a esposa; e, para além deles, o grupo familiar dos venezuelanos. Mas o Major Palgrave não estivera olhando naquela direção.

Miss Marple refletiu até a hora do almoço.

Após o almoço, não foi dar sua caminhada.

Em vez disso, mandou um recado dizendo que não estava se sentindo muito bem e para perguntar ao Dr. Graham se ele faria a gentileza de vir vê-la.

Capítulo 4

Miss Marple busca cuidados médicos

O Dr. Graham era um homem idoso e gentil com cerca de 65 anos. Ele havia praticado seu ofício nas Índias Ocidentais por muitos anos, mas agora estava praticamente aposentado e deixara a maior parte do trabalho para seus colegas nativos. Ele cumprimentou Miss Marple com gentileza e perguntou qual era o problema. Por sorte, na idade de Miss Marple, sempre há alguma enfermidade que se possa discutir com leves exageros da parte do paciente. Miss Marple hesitou entre ombro ou joelho, mas, por fim, decidiu-se pelo joelho. O joelho de Miss Marple, como ela costumava dizer para si mesma, sempre estava ao seu lado.

O Dr. Graham fora extremamente gentil, mas evitou pôr em palavras o fato de que, na altura da vida em que Miss Marple estava, problemas assim eram de se esperar. Prescreveu comprimidos de uma das boas marcas que formam a base das recomendações de um médico. Uma vez que ele sabia por experiência que muitas pessoas idosas podem se sentir solitárias quando chegam a St. Honoré pela primeira vez, estendeu-se um pouco, conversando com gentileza.

"Um homem muito querido", pensou ela. "Sinto-me envergonhada por ter que lhe contar mentiras. Mas não vejo o que mais poderia fazer."

Miss Marple fora criada para ter o devido respeito pela verdade, e, de fato, era por natureza uma pessoa muito honesta. Mas, em certas ocasiões, quando considerava seu dever fazê-lo, ela podia contar mentiras com uma verossimilhança assombrosa.

Ela pigarreou, uma tossezinha de desculpas, e disse, de um modo ligeiramente chilreado de velhinha:

— Há uma coisa, Dr. Graham, que quero lhe perguntar. Não gosto muito de tocar no assunto, mas não vejo o que mais posso fazer... ainda que, é claro, seja *um tanto* insignificante, na verdade. Mas veja só, é importante para *mim*. E espero que compreenda e não pense que o que vou lhe perguntar seja cansativo ou... ou imperdoável, de algum modo.

Para essa introdução, o Dr. Graham replicou:

— Algo a preocupa? Permita-me ajudar.

— Tem relação com o Major Palgrave. É *tão* triste ele ter morrido. Foi um choque e tanto quando escutei esta manhã.

— Sim — disse o Dr. Graham. — Foi bastante súbito, temo dizer. Ele parecia tão animado ontem.

O médico falava com gentileza, mas de modo convencional. Ficou claro que, para ele, a morte do Major Palgrave não tinha nada de incomum. Miss Marple refletiu se não estava de fato tentando tirar algo do nada. Estaria sendo tomada por esse hábito de suspeitar de tudo? Talvez não pudesse mais confiar no próprio julgamento. Não que fosse de fato um julgamento, apenas suspeitas. De qualquer modo, ela estava metida nisso agora! E precisava seguir em frente.

— Estávamos sentados conversando juntos ontem à tarde — contou ela. — Ele me contou sobre sua vida interessante e muito variada. Várias partes estranhas do mundo.

— Sim, de fato — disse o Dr. Graham, que havia sido entediado muitas vezes pelas reminiscências do major.

— E então falou da família, da juventude, e eu lhe contei um pouquinho sobre meus próprios sobrinhos e sobrinhas, e ele escutou tudo, muito simpático. Mostrei uma foto que eu tinha comigo de um de meus sobrinhos, um menino tão querido... Não é mais um menino agora, mas sempre será um *para mim*, o senhor compreende.

— Claro — afirmou o Dr. Graham, perguntando-se quanto tempo mais a velha senhora levaria para chegar ao ponto.

— Eu estava mostrando a foto e ele a examinava quando, de repente, aquela gente... aquela gente muito simpática, que coleciona flores silvestres e borboletas, o Coronel e Mrs. Hillingdon, creio que seja o nome...

— Ah, sim. Os Hillingdon e os Dyson.

— Sim, isso mesmo. Eles chegaram de repente, rindo e conversando. E aí sentaram-se e pediram drinques, e todos nós papeamos. Foi muito agradável. Mas sem pensar, o Major Palgrave deve ter guardado minha fotografia em sua carteira e a colocado no bolso. Eu não estava prestando muita atenção na hora, mas lembrei depois e disse a mim mesma: "Não posso me esquecer de pedir ao major para me devolver a foto de Denzil." Isso passou por minha cabeça na noite passada, quando assistíamos à banda e à dança, mas não quis interrompê-lo na hora, porque estavam festejando com muita alegria. Então pensei: "Tenho que me lembrar de lhe pedir pela manhã." Só que esta manhã... — Miss Marple fez uma pausa, sem fôlego.

— Sim, sim — disse o Dr. Graham. — Compreendo. E a senhora... Bem, naturalmente, a senhora quer a fotografia de volta. É isso?

Miss Marple assentiu, enérgica.

— Sim. É isso. Veja o senhor, é a única que tenho e não fiquei com o negativo. E odiaria perder aquela foto, porque o pobre Denzil morreu há cinco ou seis anos e era meu sobrinho favorito. É a única foto que tenho de lembrança. Eu me pergunto... espero... é um tanto cansativo para mim... se o senhor poderia dar um jeito de pegá-la para mim? Eu não sei a quem mais poderia pedir, veja. Não sei quem vai cuidar de todos os pertences e coisas assim. É tudo tão difícil. Vão me considerar um incômodo. Não vão entender. Ninguém conseguiria saber o que aquela foto significa para mim.

— É claro, é claro — disse o Dr. Graham. — Eu compreendo. Um sentimento muito natural de sua parte. Na verdade, vou encontrar as autoridades locais em breve. O funeral será amanhã, e alguém virá do escritório da Administração para dar uma olhada nos documentos e pertences do major antes de entrar em contato com o parente mais próximo... essas coisas todas. A senhora poderia descrever a fotografia?

— É só a frente de uma casa — informou Miss Marple. — E uma pessoa... Denzil, quero dizer... saindo pela porta da frente. Como eu disse, foi tirada por outro sobrinho meu que gosta muito de exposições de flores. Ele estava fotografando um hibisco, creio, ou um daqueles belos lírios. Denzil estava saindo pela porta da frente na mesma hora. Não era uma fotografia muito boa dele, apenas uma besteira, desfocada. Mas gostava dela e sempre a mantive comigo.

— Ah — disse o Dr. Graham —, isso parece muito claro. Creio que não terei nenhuma dificuldade em pegar de volta sua fotografia, Miss Marple.

Ele se ergueu da cadeira. Miss Marple sorriu para ele.

— O senhor é muito gentil, Dr. Graham, muito gentil *de fato*. O senhor entende, não é?

— É claro que sim, é claro que sim — respondeu o Dr. Graham, cumprimentando-a calorosamente. — Agora, não se preocupe. Exercite esse joelho todo dia com delicadeza, mas não muito, e vou mandar alguns comprimidos para a senhora. Tome um três vezes ao dia.

Capítulo 5

Miss Marple toma uma decisão

O velório foi realizado diante do corpo do falecido Major Palgrave no dia seguinte. Miss Marple compareceu acompanhada de Miss Prescott. O cônego conduziu a cerimônia, e, depois disso, a vida seguiu como de costume. A morte do Major Palgrave era então somente um incidente, algo ligeiramente desagradável, mas que logo fora esquecido. A vida ali era sol, mar e prazeres sociais. Uma visitante soturna havia interrompido essas atividades, lançando uma sombra momentânea, mas agora ela se fora. Afinal de contas, ninguém conhecia o falecido muito bem. Ele havia sido um velhinho um tanto tagarela e entediante, sempre contando reminiscências pessoais que o ouvinte não tinha nenhum interesse particular em saber. O major tinha pouca coisa no que se ancorar em qualquer parte do mundo. Sua esposa falecera muitos anos antes. Ele tivera uma vida solitária e uma morte solitária. Mas havia sido o tipo de solidão passada no viver entre as pessoas e de um modo não de todo desagradável. O Major Palgrave podia ter sido um homem solitário, mas havia sido do tipo bem animado. Havia aproveitado a vida ao seu próprio modo. E agora estava morto, enterrado, e ninguém se importava muito com isso. Com mais uma semana, ninguém sequer se lembraria dele ou lhe dedicaria um pensamento passageiro.

A única pessoa que se poderia dizer que sentia sua falta era Miss Marple. Não que fosse motivada por qualquer afeição pessoal, mas ele representava um tipo de vida que ela conhecia. Quando se envelhece, assim refletiu consigo mesma, a pessoa vai se dedicando mais e mais ao hábito de escutar; escutar provavelmente sem grande interesse, mas houvera entre ela e o major o velho dar e receber entre dois idosos. Houvera uma qualidade humana, alegre. Ela não necessariamente pranteava sua partida, mas sentia sua falta.

Na tarde do funeral, enquanto sentava-se tricotando em seu lugar favorito, o Dr. Graham veio e se juntou a ela. Miss Marple largou as agulhas e o cumprimentou. Ele disse de imediato, desculpando-se um pouco:

— Receio que tenha notícias um tanto decepcionantes, Miss Marple.

— É mesmo? Sobre minha...

— Sim. Não encontramos sua preciosa fotografia. Deve ser uma decepção para a senhora.

— Sim. É sim. Mas claro que não importa *tanto* assim. Era um sentimentalismo. Agora me dou conta. Não estava na carteira do Major Palgrave?

— Não. Nem entre seus pertences. Havia algumas poucas cartas, recortes de jornais e coisas do tipo, além de fotografias velhas, mas nenhum sinal de uma como a que a senhora mencionou.

— Ah, céus — disse Miss Marple. — Bem, não há o que fazer. Muito obrigada, Dr. Graham, pelo trabalho que teve.

— Ah, não foi trabalho algum, de fato. Mas sei por minha própria experiência o quanto essas lembranças de família significam para alguém, sobretudo quando se envelhece.

A velha senhora estava realmente aceitando isso muito bem, ele pensou. O Major Palgrave, presumiu, provavelmente encontrou a fotografia ao tirar algo da carteira e, sem saber como fora parar ali, jogou-a fora como algo sem importância. Mas é claro que era de grande importância para essa velha senhora. Ainda assim, ela parecia um tanto animada e filosófica a respeito disso.

Contudo, por dentro, Miss Marple estava longe de sentir-se alegre ou filosófica. Ela queria um tempinho para pensar nas coisas, mas estava também determinada a fazer uso de suas oportunidades por completo.

Pôs-se a conversar com o Dr. Graham em uma ânsia que não tentou esconder. Aquele homem gentil, julgando que o jorro de tagarelice fosse natural da solidão de uma velha senhora, ocupou-se em distraí-la da perda da fotografia, divagando com fluência e amabilidade sobre a vida em St. Honoré e os vários lugares interessantes que talvez Miss Marple pudesse gostar de visitar. Ele mal sabia dizer como a conversa retornou para a morte do Major Palgrave.

— Parece-me tão triste — comentou Miss Marple. — Pensar em alguém morrendo desse jeito tão longe de casa. Embora eu entenda, pelo que ele próprio me contou, que não tinha familiares próximos. Parecia viver por conta própria em Londres.

— Ele viajava bastante, acredito — disse o Dr. Graham.

— Em geral no inverno. Não gostava dos nossos invernos ingleses. Não posso dizer que o culpo.

— Não, de fato — concordou Miss Marple. — E talvez ele tivesse algum motivo especial, como uma fraqueza nos pulmões ou algo que tornasse as viagens ao exterior necessárias para ele durante o inverno?

— Ah, não, creio que não.

— Ele tinha pressão alta, acho. Tão triste hoje em dia. Se escuta muito a respeito.

— Ele falou disso com a senhora?

— Ah, não. Não, ele nunca mencionou isso. Foi outra pessoa que me contou.

— Ah, sim.

— Suponho — falou Miss Marple — que a morte seja algo esperado nessas circunstâncias.

— Não necessariamente — disse o Dr. Graham. — Existem métodos de se controlar a pressão sanguínea hoje em dia.

— A morte dele *pareceu* tão súbita... Mas imagino que *o senhor* não tenha ficado surpreso.

— Bem, não fiquei particularmente surpreso com o falecimento de um homem daquela idade. Mas eu com certeza não esperava. Sinceramente, o major sempre me pareceu estar em boa forma, mas nunca cuidei dele em caráter profissional. Nunca aferi a pressão sanguínea nem nada do tipo.

— Será que alguém sabe... Digo, será que um médico sabe quando um homem tem pressão alta só de olhar para ele? — indagou Miss Marple, com uma espécie de inocência pueril.

— Só de olhar, não — disse o médico, sorrindo. — Há que se fazer alguns testes.

— Compreendo. Aquela coisa horrível quando se põe uma tira de borracha no braço e se bombeia ar nela... Eu detesto. Mas meu médico disse que minha pressão é muito boa para minha idade.

— Bem, isso é bom de se ouvir — comentou o Dr. Graham.

— É claro, o major *era* chegado em um ponche de Planter — disse Miss Marple, pensativa.

— Sim. Não é a melhor coisa para quem tem pressão alta... o álcool.

— É preciso tomar comprimidos, não é?

— Sim. Há diversos no mercado. Havia um frasco de um deles no quarto do major. Serenite.

— Quão maravilhosa é a ciência hoje em dia — falou Miss Marple. — Os médicos podem fazer tanta coisa, não é?

— Nós sempre tivemos um grande competidor — disse o Dr. Graham. — A natureza, a senhora sabe. E alguns dos bons e velhos remédios caseiros voltam de tempos em tempos.

— Como colocar teias de aranha em cima de um corte? — perguntou Miss Marple. — Nós sempre fazíamos isso quando eu era criança.

— Muito sensato — disse o Dr. Graham.

— E um cataplasma de linhaça no peito e esfregar óleo canforado para a tosse.

— Vejo que a senhora conhece tudo! — O Dr. Graham deu uma risada. Ele se levantou. — Como está o joelho? Não tem lhe dado trabalho?

— Não, parece estar bem melhor.

— Não podemos dizer se foi a natureza ou meus comprimidos — disse o Dr. Graham. — Me desculpe não poder ter sido de maior auxílio à senhora.

— Mas o senhor tem sido tão gentil. Estou realmente envergonhada de tomar seu tempo. O senhor disse que não havia fotografias na carteira do major?

— Ah, sim... Uma muito antiga do próprio major bem jovem em um cavalo de polo e uma de um tigre morto em que ele apoiava o pé. Imagens desse tipo, lembranças de seus dias de juventude. Mas olhei com bastante cuidado, eu lhe garanto, e a fotografia que a senhora descreveu de seu sobrinho definitivamente não estava lá.

— Ah, tenho certeza de que o senhor olhou com atenção. Não quis dizer que... Eu estava só interessada. Nós todos tendemos a manter coisas estranhas assim.

— Tesouros do passado — disse o doutor, sorrindo.

Ele deu adeus e partiu.

Miss Marple permaneceu olhando, pensativa, para as palmeiras e o mar. Ela não pegou de volta seu tricô por alguns minutos. Dispunha de um fato agora. Precisava pensar nesse fato e no que ele significava. A fotografia que o major havia retirado de sua carteira e recolocado com tanta pressa *não estava lá depois que ele morreu*. Não era o tipo de coisa que ele jogaria fora. O major havia guardado a foto na carteira, e ela deveria ter permanecido no lugar depois de sua morte. Dinheiro pode ser roubado, mas ninguém ia querer roubar uma fotografia. A não ser, é claro, que se tenha uma razão especial para fazer isso.

O rosto de Miss Marple ficou sério. Ela precisava tomar uma decisão. Permitiria ou não que o Major Palgrave permanecesse quieto na cova? Não seria melhor simplesmente fazer isso? Ela recitou, murmurando:

— "Duncan está morto. Após a febre intermitente da vida, ele dorme bem!" — Nada pode ferir o Major Palgrave agora. Ele se fora para onde o perigo não poderia tocá-lo. Seria apenas uma coincidência que tivesse morrido naquela noite em especial?

Ou seria possível que *não* fosse coincidência? Médicos aceitam a morte de pessoas idosas com facilidade. Ainda mais quando houvesse um frasco de comprimidos que as pessoas com pressão alta tomam todos os dias por perto. Mas se alguém pegou a fotografia da carteira do major, essa mesma pessoa pode ter colocado o frasco no quarto. Ela mesma não se lembrava de ter *visto* o major tomar comprimidos, ele nunca mencionou sua pressão com ela. A única coisa que ele já havia falado sobre sua saúde era admitir que "já não era jovem como antes". Ele ficava ocasionalmente sem fôlego, um pouco asmático, nada mais. Porém, alguém havia mencionado que o Major Palgrave tinha pressão alta — Molly? Miss Prescott? Não conseguia lembrar.

Miss Marple suspirou, então repreendeu-se em palavras, ainda que não tenha as dito em voz alta.

"Agora, Jane, o que está sugerindo? Será que está inventando a coisa toda? Você *realmente* tem algo sobre o que se apoiar?"

Mas ela se debruçou, passo a passo, tanto quanto pôde, sobre as conversas entre ela e o major referentes a assassinato e assassinos.

— Oh, céus — disse Miss Marple. — Mesmo que... Sinceramente, *não* vejo como eu possa *fazer* qualquer coisa a respeito.

Mas ela sabia que devia tentar.

Capítulo 6

Na madrugada

Miss Marple acordou cedo. Como muitas pessoas de idade, ela tinha sono leve e períodos de vigília que usava para planejar ações a serem tomadas no dia seguinte ou nos próximos. Claro, em geral eram de natureza inteiramente particular ou doméstica, de pouco interesse para alguém a não ser ela mesma. Porém, naquela manhã, Miss Marple repousou na cama pensando de modo sóbrio e construtivo sobre assassinato, e o que, se suas suspeitas se confirmassem, ela poderia fazer a respeito. Não seria fácil. Ela dispunha de uma arma, e somente uma, e essa arma era a conversa.

Senhoras de idade são dadas a uma boa dose de conversas aleatórias. As pessoas se entediam com isso, mas certamente não suspeitam de seus motivos ulteriores. Não será um caso de fazer perguntas diretas (e, de fato, ela acharia difícil saber quais perguntas fazer!). Seria uma questão de conhecer um pouquinho melhor certas pessoas. Ela passou em revista essas pessoas em sua mente.

Poderia descobrir, se possível, um pouco mais sobre o Major Palgrave, mas será que isso a ajudaria? Ela duvidava. Se o Major Palgrave havia sido assassinado, não fora por causa de segredos em sua vida, ou por conta de sua herança, ou por vingança contra ele. De fato, embora tivesse sido assassinado, era um desses raros casos em que um maior conhecimento sobre a vítima não ajudava nem levava de modo algum ao seu assassino. O ponto, assim lhe parecia, e o único ponto, era que o Major Palgrave falava demais!

Ela havia descoberto um fato bastante interessante com o Dr. Graham. O major tinha em sua carteira várias fotografias: uma de si próprio em companhia de um cavalo de polo, uma de um tigre morto e também uma ou duas de natureza semelhante. Agora, por que o Major Palgrave carregava isso consigo? Obviamente, pensou Miss Marple, com sua longa experiência em velhos almirantes, generais de brigada e meros majores, porque tinha certas histórias que gostava de contar. Começando com "Uma coisa curiosa que me aconteceu certa vez quando fui caçar tigres na Índia...". Ou uma reminiscência dele próprio em um cavalo de polo. Portanto, aquela história sobre o suspeito de assassinato seria, no devido tempo, ilustrada com a apresentação da fotografia em sua carteira.

Ele vinha seguindo esse padrão em suas conversas com ela. Tendo sido levantado o tema de assassinato, e para jogar interesse em sua história, fez o que sem dúvida costumava fazer: sacar sua foto e dizer algo do tipo: "Você não diria que esse camarada era um assassino, diria?"

O ponto era que vinha sendo um *hábito* dele. Essa história de assassinato era uma de seu repertório regular. Se alguma referência a assassinatos surgisse, então lá ia o major, a todo vapor.

Nesse caso, refletiu Miss Marple, ele bem poderia *já ter* contado sua história para mais alguém ali. Ou para mais de uma pessoa — se assim fosse, então ela mesma poderia aprender com essa pessoa que outros detalhes a história poderia ter, possivelmente qual era a aparência do sujeito na fotografia.

Ela assentiu com satisfação — seria um começo.

E, claro, havia as pessoas que ela chamava em sua cabeça de "Quatro Suspeitos". Ainda que, uma vez que o Major Palgrave vinha falando de um *homem* — havia somente dois, o Coronel Hillingdon e Mr. Dyson, muito improváveis na figura de assassinos, embora assassinos, em geral, *fossem* improváveis. Poderia ter alguém mais? Ela não tinha visto nenhuma outra pessoa quando virou a cabeça para olhar. Havia o bangalô, é claro. O bangalô de Mr. Rafiel. Alguém poderia ter saído de lá e entrado de volta antes que ela tivesse tido tempo de virar a cabeça? Nesse caso, só poderia ter sido o valete. Qual era mesmo o nome? Ah, sim, Jackson. Poderia ter sido *Jackson* quem teria saído pela porta? Essa teria sido a mesma pose da fotografia. *Um homem saindo por uma porta.* O reconhecimento pode ter batido de imediato. Até então, o Major Palgrave não teria olhado para Arthur Jackson, o valete, com nenhum interesse. Seu olhar errante e curioso era essencialmente um olhar esnobe — Arthur Jackson não era um *pukka sahib* — e o Major Palgrave não teria olhado para ele duas vezes.

Não antes, talvez, de ter tido a fotografia em sua mão e olhado por cima do ombro direito de Miss Marple e visto o homem saindo pela porta...?

Miss Marple virou-se sobre seu travesseiro. Programação para amanhã, ou melhor, para hoje: aprofundar investigações sobre os Hillingdon, os Dyson e Arthur Jackson, o valete.

O Dr. Graham também acordava cedo. Em geral, virava de lado e voltava a dormir. Mas hoje estava inquieto e o sono não veio. Essa ansiedade que tornava tão difícil adormecer de novo era algo do qual ele não tinha sofrido por um longo tempo. O que estava causando aquilo? Sinceramente, ele não conseguia descobrir. Ficou deitado pensando a respeito. Algo a ver com... algo a ver com... sim, o Major Palgrave. A morte do Major Palgrave? Ele não via, porém, o que poderia deixá-lo inquieto nessa questão. Fora algo que aquela velha senhora tagarela dissera? Um verdadeiro azar toda aquela coisa da fotografia, mas ela recebera tudo muito bem. Mas o que foi mesmo que ela dissera, que palavra ao acaso havia despertado nele essa sensação estranha de inquietação? Afinal, não havia nada de *incomum* quanto à morte do major. Nada. Ao menos, ele supunha que não.

Estava bastante claro que no atual estado de saúde do major... Algo se pôs no caminho de seu raciocínio. Será que ele sabia tanto assim *sobre* o estado de saúde do Major Palgrave? Todo mundo *dizia* que ele sofria de pressão alta. Mas ele mesmo nunca tivera nenhuma conversa com o major a respeito. Palgrave era um velho chato e ele evitava esse tipo. Por que raios deveria ter essa ideia de que talvez nem tudo *pudesse* estar nos conformes? Foi aquela senhora? Mas ela não *dissera* nada, afinal. De todo modo, não era de sua conta. As autoridades locais estavam bastante satisfeitas. Havia o frasco de comprimidos de Serenite, e, ao que parece, o velho conversava com as pessoas bastante abertamente sobre sua pressão alta.

O Dr. Graham virou-se na cama e logo voltou a dormir.

Do lado de fora do hotel, em uma das fileiras de velhos casebres ao longo de um penhasco, a menina Victoria Johnson virou de lado e sentou-se na cama. A moça de St. Honoré era uma criatura magnífica com um torso de mármore negro que um escultor teria apreciado. Passou os dedos por seu cabelo escuro e cacheado. Com o pé, cutucou seu companheiro de cama nas costelas.

— Acorda, homem.

O homem grunhiu e se virou.

— O que você quer? Nem amanheceu.

— Acorda, homem. Quero falar com você.

O homem se sentou e alongou-se, exibindo os belos dentes de sua boca larga.

— O que te preocupa, mulher?

— Aquele major que morreu. Tem alguma coisa aí que não gostei. Tem algo errado nisso.

— Ah, o que você quer se preocupando com isso? Ele era velho. Ele morreu.
— Escuta aqui. São os comprimidos. Os que o doutor me perguntou a respeito.
— Bem, o que tem eles? Talvez o major tenha tomado demais.
— Não. Não é isso. Escuta. Ela se inclinou na direção dele, falando com veemência. Ele bocejou e se deitou de novo.
— Não vejo problema algum. Do que você está falando?
— Mesmo assim, vou falar com Mrs. Kendal pela manhã. Acho que tem algo errado nisso.
— Acho que você não devia se incomodar — disse o homem que, sem o benefício de uma cerimônia, ela considerava como seu atual marido. — Não vamos procurar confusão — falou ele, e virou-se de lado bocejando.

Capítulo 7

Manhã na praia

Já se passara metade da manhã na praia abaixo do hotel.

Evelyn Hillingdon saiu da água e deitou-se na areia quente e dourada. Tirou sua touca de banho e balançou a cabeça morena vigorosamente. A praia não era das maiores. As pessoas tendiam a se juntar ali nas manhãs e, perto das 11h30, sempre havia algo como um encontro social. À esquerda de Evelyn, em uma das exóticas e modernas cadeiras em forma de cesto, repousava a *señora* De Caspearo, uma linda mulher da Venezuela. Ao lado dela estava o velho Mr. Rafiel, que era agora o decano do Hotel Golden Palm e exercia a influência que somente um idoso inválido de grande fortuna é capaz. Esther Walters cuidava dele. Ela costumava ter consigo seu caderno de estenografia e um lápis, caso Mr. Rafiel pensasse de súbito em telegramas urgentes de negócios, missivas que precisassem ser enviadas de imediato. Em roupas de banho, Mr. Rafiel ficava incrivelmente ressecado, seus ossos envoltos em festões de pele seca. Ainda que aparentasse um homem à beira da morte, parecia exatamente o mesmo pelos últimos oito anos, no mínimo — ou assim se dizia nas ilhas. Olhos azuis aguçados perscrutavam o ambiente de seu rosto enrugado, e seu maior prazer na vida era contradizer veementemente qualquer coisa que alguém afirmasse.

Miss Marple também estava presente. Como de praxe, sentou-se, tricotou e escutou o que ocorria, e, muito de vez em quando, juntava-se à conversa. Quando o fazia, todos ficavam surpresos porque, em geral, esqueciam-se de que ela estava ali. Evelyn Hillingdon a observava com condescendência, e achou que fosse uma velhinha querida.

A *señora* De Caspearo esfregou um pouco mais de bronzeador em suas longas e belas pernas e cantarolou consigo mesma. Não era uma mulher que falava muito. Olhou, descontente, para o frasco de bronzeador.

— Esse não é tão bom quanto o Frangipanio — comentou, triste. — Não se acha dessa marca por aqui. Uma pena.

— Suas pálpebras se fecharam outra vez.

— O senhor vai dar seu mergulho agora, Mr. Rafiel? — perguntou Esther Walters.

— Vou quando estiver pronto — disse Mr. Rafiel, mordaz.

— Já passa das onze — avisou Mrs. Walters.

— E o que tem? — retrucou Mr. Rafiel. — Acha que sou o tipo de homem que fica preso ao relógio? Faça isso tal hora, faça isso em vinte minutos, faça isso às vinte para as... bah!

Mrs. Walters estava aos serviços de Mr. Rafiel há tempo o bastante para ter adotado sua própria fórmula de lidar com ele. Ela sabia que seu patrão gostava de um bom espaço de tempo para se recuperar do esforço de banhar-se, portanto o lembrava da hora, dando uns bons dez minutos para ele refutar sua sugestão e, então, poder adotá-la sem parecer que o estava fazendo.

— Não gosto dessas alpargatas — falou Mr. Rafiel, levantando um pé e olhando para ela. — Eu disse isso para aquele idiota do Jackson. O homem nunca presta atenção a uma só palavra do que eu digo.

— Vou trazer outras, Mr. Rafiel, posso?

— Não, não vai, fique aí sentada e quieta. Detesto gente correndo para lá e para cá feito galinhas cacarejando.

Evelyn mudou de posição na areia morna, esticando os braços.

Miss Marple, concentrada em seu tricô — ou assim parecia —, esticou um pé, e então desculpou-se apressadamente.

— Sinto muito, sinto muito mesmo, Mrs. Hillingdon. Receio que lhe dei um chute.

— Ah, está tudo bem — disse Evelyn. — Essa praia fica um tanto lotada.

— Ah, por favor, não se mova. Por favor. Vou mudar minha cadeira um pouquinho para trás, para que não faça isso de novo.

Conforme Miss Marple se reposicionou, passou a falar de modo infantil e gorjeado.

— É tão maravilhoso estar *aqui*! Nunca estive nas Índias Ocidentais antes, sabe. Pensei que seria o tipo de lugar que eu nunca conheceria, e aqui estou eu. Tudo graças à gentileza de meu querido sobrinho. Suponho que a senhora conheça essa parte do mundo muito bem, não é, Mrs. Hillingdon?

— Já estive nessa ilha uma ou duas vezes, e, é claro, na maioria das outras.

— Ah, sim. Borboletas, não é, e flores silvestres? A senhora e seus... seus amigos... ou são parentes?

— Amigos, apenas.

— E suponho que vocês viajem juntos muitas vezes por causa desses interesses em comum?

— Sim. Viajamos juntos já há alguns anos agora.

— Suponho que devam ter algumas aventuras emocionantes às vezes?

— Acho que não — falou Evelyn com uma voz monótona, ligeiramente entediada. — As aventuras parecem sempre acontecer com outras pessoas — disse, e bocejou.

— Nenhum encontro perigoso com cobras ou animais selvagens ou nativos enlouquecidos?

"Que idiota eu pareço", pensou Miss Marple.

— Nada pior do que mordidas de insetos — garantiu Evelyn.

— O pobre Major Palgrave, a senhora sabe, foi mordido por uma cobra certa vez — disse Miss Marple, fazendo uma declaração completamente fictícia.

— Foi?

— Ele nunca lhe contou a respeito?

— Talvez. Não lembro.

— Imagino que a senhora o conhecesse bem, não?

— O Major Palgrave? Não, nem um pouco.

— Ele sempre tinha histórias tão interessantes para contar.

— Ah, aquele velho chato — disse Mr. Rafiel. — Um tolo também. Ele não precisava ter morrido se tivesse cuidado de si do modo adequado.

— Ah, convenhamos, Mr. Rafiel... — falou Mrs. Walters.

— Sei do que estou falando. Se você cuida da saúde de modo adequado, fica bem sempre. Olhe para mim. Os médicos me desenganaram *anos* atrás. Tudo bem, pensei, tenho minhas próprias regras de saúde e vou mantê-las. E aqui estou.

Ele olhou ao redor, orgulhoso.

E, de fato, parecia um erro que ele pudesse estar ali.

— O pobre Major Palgrave tinha pressão alta — disse Mrs. Walters.

— Bobagem.

— Ah, mas ele tinha — interveio Evelyn Hillingdon, falando com uma súbita e inesperada autoridade.

— Quem disse? — questionou Mrs. Rafiel. — Ele lhe contou isso?

— Alguém contou.

— Ele tinha o rosto muito vermelho — contribuiu Miss Marple.

— Isso não quer dizer nada — disse Mr. Rafiel. — E, de todo modo, ele *não* tinha pressão alta, porque me disse isso.

— O que o senhor quer dizer, ele contou isso direto para você? — perguntou Mrs. Walters. — Digo, não se pode dizer exatamente às pessoas que *não* se tem algo.

— Sim, você pode. Eu lhe disse uma vez quando ele estava tomando todos aqueles ponches de Planter e comendo demais. Eu falei: "Você precisa tomar cuidado com sua dieta e com a bebida. Tem que pensar na pressão, na sua idade." E ele respondeu não tinha nada com o que se preocupar quanto aquilo, que sua pressão era muito boa para a idade.

— Mas ele tomava alguma coisa para isso, acredito — falou Miss Marple, entrando na conversa outra vez. — Uma coisa chamada... ah, algo como... talvez Serenite?

— Se me perguntassem — disse Evelyn Hillingdon —, acho que ele jamais admitiria ter algum problema ou que pudesse estar doente. Ele era uma dessas pessoas que tinha medo de doenças e que fica negando que haja qualquer coisa de errado.

Foi um discurso longo para ela, Miss Marple pensou, olhando por trás de sua cabeça morena.

— O problema é que — retrucou Mr. Rafiel, autoritário — todo mundo gosta de saber a respeito das doenças dos outros. As pessoas pensam que todos com mais de 50 vão morrer de hipertensão, ou de trombose coronária, ou alguma dessas coisas... Baboseira! Se um homem diz que não tem nada de errado consigo, eu não suponho que tenha. Um homem deve saber a respeito da própria saúde. Que horas são? Vinte para o meio-dia? Eu já deveria ter dado meu mergulho há tempos. Por que não me lembra dessas coisas, Esther?

Mrs. Walters não protestou. Simplesmente se pôs de pé e, com alguma destreza, ajudou Mr. Rafiel a se levantar também. Juntos, desceram até a praia, ela o segurando com cuidado. E entraram no mar.

A *señora* De Caspearo abriu os olhos e murmurou:

— Como são feios esses homens velhos! Ai, como são feios! Deviam ser todos sacrificados aos 50, ou talvez aos 35 fosse melhor. Sim?

Edward Hillingdon e Gregory Dyson vinham descendo até a praia.

— Como está a água, Evelyn?
— Da mesma forma de sempre.
— Nunca muda muito, não é? Onde está Lucky?
— Não sei — respondeu Evelyn.
Outra vez Miss Marple baixou o olhar sobre a cabeça morena.
— Bem, agora eu faço minha imitação de baleia — disse Gregory.

Ele tirou a camisa caribenha de estampa alegre e disparou até a praia, saltando e bufando mar adentro, dando um rápido nado crawl. Edward Hillingdon sentou-se na praia ao lado da esposa. Em seguida, perguntou:

— Vai entrar mais uma vez?

Ela sorriu, colocou a touca, e os dois desceram até a praia juntos de um modo bem menos espetaculoso.

A *señora* De Caspearo abriu os olhos outra vez.

— No início, pensava que esses dois estavam em lua de mel, ele é muito gentil com ela, mas escutei que estão casados há oito... nove anos. É incrível, não é?

— Eu me pergunto onde está Mrs. Dyson — indagou Miss Marple.

— A tal Lucky? Está com algum homem.

— A senhora... acha isso?

— Com certeza — afirmou a *señora* De Caspearo. — Ela é dessas. Mas já não é mais tão jovem. O marido dela... Os olhos dele também vão para outros lados. Ele dá cantadas aqui e ali o tempo todo. Eu sei.

— Sim — disse Miss Marple. — Imaginei que saberia.

A *señora* De Caspearo lançou um olhar surpreso para ela. Claramente não era o que esperava da velha senhora.

Miss Marple, contudo, observava as ondas com ares de gentil inocência.

— Posso falar com a senhora, Mrs. Kendal?

— Sim, claro — disse Molly, sentada à sua mesa no escritório.

Victoria Johnson, alta e resplandecente em seu uniforme branco impecável, entrou depressa e fechou a porta com um ar um tanto misterioso.

— Gostaria de lhe contar uma coisa, por favor, Mrs. Kendal.

— Sim, o que é? Há algo errado?

— Eu não sei. Não tenho certeza. É sobre o velho cavalheiro que morreu. O major. Ele morreu dormindo.

— Sim, sim. O que tem?

— Havia um frasco de comprimidos em seu quarto. O doutor, ele me perguntou a respeito.

— Sim?

— O doutor disse: "Deixe-me ver o que ele tem aqui na prateleira do banheiro", e ele olhou. Viu que havia dentifrício, comprimidos para indigestão, aspirinas e pílulas de cáscara sagrada, e então esses tais comprimidos em um frasco chamado Serenite.

— Sim — repetiu Molly.

— E o doutor olhou para eles. Ficou bem satisfeito, assentindo. Mas fiquei pensando depois. Aquele frasco não estava ali antes. Eu não o vi no banheiro dele. Os demais, sim. O dentifrício, as aspirinas, a loção pós-barba e tudo o mais. Mas esse frasco, com esses comprimidos de Serenite, eu nunca tinha notado antes.

— Então você acha que... — Molly pareceu intrigada.

— Não sei o que pensar — disse Victoria. — Só que não parecia certo, então achei melhor contar para a senhora. Talvez possa falar com o doutor? Talvez não queira dizer nada. Talvez *alguém* tenha colocado o frasco ali e então o major tomou os comprimidos e morreu.

— Ah, acho que isso é bastante improvável — falou Molly.

Victoria balançou a cabeça negra.

— A gente nunca sabe. As pessoas fazem coisas ruins.

Molly olhou pela janela. O lugar parecia um paraíso na Terra. Com seu sol, seu mar, seu recife de corais, sua música, sua dança, era o Jardim do Éden. Mas mesmo no Jardim do Éden, houvera uma sombra — a sombra da Serpente. *Coisas ruins* — que odioso escutar essas palavras.

— Vou fazer algumas perguntas, Victoria — disse ela, mordaz. — Mas não se preocupe. E, acima de tudo, não saia por aí espalhando boatos tolos.

Tim Kendal entrou bem na hora que Victoria saía, um pouco a contragosto.

— Algo errado, Molly?

Ela hesitou, mas Victoria poderia procurá-lo. Ela lhe contou o que a garota lhe dissera.

— Não vejo qual é o problema. O que eram esses comprimidos, afinal?

— Não sei bem, Tim. O Dr. Robertson disse que eram para... Algo a ver com a pressão, acho eu.

— Bem, então está tudo certo, não? Digo, ele *tinha* pressão alta e *estaria* tomando algo para isso, não estaria? As pessoas tomam. Já vi isso várias vezes.

— Sim. — Molly hesitou. — Mas Victoria parece pensar que ele pode ter tomado um desses comprimidos e que isso o teria matado.

— Ah, querida, é um pouco melodramático *demais*! Você acha que alguém pode ter trocado remédios para pressão por outra coisa e que isso o envenenou?

— Parece absurdo mesmo — disse Molly, apologética — quando coloca desse modo. Mas parece ser o que Victoria pensou!

— Menina boba! Nós *podemos* ir perguntar ao Dr. Graham a respeito. Suponho que ele saiba. Mas realmente é tão sem sentido que não vale a pena incomodá-lo.

— É o que eu acho.

— O que raios fez essa menina pensar que alguém pudesse ter trocado os remédios? Digo, colocar comprimidos diferentes na mesma garrafa?

— Não entendi bem — disse Molly, parecendo um tanto desamparada. — Victoria parece pensar que foi a primeira vez que aquele frasco de Serenite esteve ali.

— Ah, mas isso não faz sentido — retrucou Tim Kendal. — Ele precisava tomar essa medicação o tempo todo para manter a pressão sanguínea baixa.

O homem saiu alegremente para consultar Fernando, o *maître d'hôtel*.

Molly, porém, não conseguiu descartar o assunto tão rápido. Depois que o estresse do almoço terminou, ela disse ao marido:

— Tim, estive pensando. Se Victoria sair por aí falando sobre o assunto, talvez devêssemos apenas perguntar para alguém?

— Ah, minha querida! Robertson e todos os outros vieram, deram uma olhada em tudo e fizeram as perguntas que queriam na ocasião.

— Sim, mas você sabe como elas são, essas meninas...

— Ah, tudo bem! Vamos lá perguntar a Graham, então. Ele deve saber.

O Dr. Graham estava sentado em sua varanda com um livro. O jovem casal chegou, e Molly foi direto para seu relato. Quando ficou um pouco incoerente, Tim assumiu:

— Soa meio idiota — disse ele, defendendo-se —, mas até onde consegui entender, a menina botou na cabeça que alguém colocou um veneno nos comprimidos do frasco de ... Qual é o nome da coisa mesmo? Sera... alguma coisa.

— Mas por que ela teria colocado essa ideia na cabeça? — perguntou o Dr. Graham. — Ela viu ou ouviu algo que... Digo, o que a levou a pensar isso?

— Não sei — respondeu Tim, um tanto desamparado. — Era um frasco diferente? O que era, Molly?

— Não — disse Molly. — Acho que o que ela disse foi que havia um frasco rotulado. Seve... Sere...

— Serenite — disse o médico. — Sim. É uma preparação bem conhecida. Ele vinha tomando regularmente.

— Victoria falou que nunca viu esse frasco no quarto dele antes.

— Nunca viu no quarto dele antes? — perguntou Graham, severo. — Como assim?

— Bem, foi o que ela *falou*. Ela disse que havia todo tipo de coisa na prateleira do banheiro. O senhor sabe, dentifrício, aspirina e pós-barba e... ah, ela listou tudo de cabeça. Suponho que sempre as limpava e, assim, conhecia os itens de cor. Mas esse, o tal Serenite, ela nunca viu por lá antes do dia em que ele morreu.

— Isso é muito estranho — disse o Dr. Graham, um tanto severo. — Ela tem certeza?

A aspereza incomum em seu tom de voz fez ambos os Kendal o encararem. Não esperavam que o Dr. Graham assumisse aquela postura.

— Ela parecia ter muita certeza — confirmou Molly, devagar.

— Talvez só quisesse causar algum furor — sugeriu Tim.

— Eu acho, talvez — disse o Dr. Graham —, que é melhor eu mesmo trocar uma palavrinha com a menina.

Victoria demonstrou um prazer distinto ao lhe permitirem contar a história.

— Não quero arranjar encrenca — avisou ela. — *Eu* não coloquei o frasco lá e não sei quem foi.

— Mas você acha que o frasco *foi* colocado lá? — perguntou Graham.

— Bem, veja só, doutor, *deve* ter sido, porque não estava lá antes.

— O Major Palgrave pode ter deixado em uma cômoda ou em uma maleta, algo assim.

Victoria balançou a cabeça com vigor.

— Ele não faria isso se as estivesse tomando o tempo todo, faria?

· UM MISTÉRIO NO CARIBE ·   55

— Não — disse Graham, relutante. — Não, era algo que ele teria que tomar várias vezes ao dia. Você nunca o viu tomando o remédio nem nada do tipo?

— Ele não tinha esse frasco lá antes. Só pensei que... Bem, começaram a dizer que essa coisa tinha algo a ver com a morte dele, envenenado o sangue ou algo assim, e eu pensei que talvez ele tivesse algum inimigo que tenha colocado lá para matá-lo.

— Bobagem, menina — retrucou o médico, veemente. — Pura bobagem.

Victoria pareceu abalada.

— O senhor diz que essa coisa era um remédio, um remédio bom? — perguntou ela, duvidosa.

— Um remédio bom, e, digo mais, um remédio *necessário* — disse o Dr. Graham. — Então você não precisa se preocupar, Victoria. Posso lhe garantir que não há nada de errado com ele. Era a coisa certa a ser tomada por um homem com o problema dele.

— O senhor com certeza tirou um peso da minha consciência — afirmou Victoria, mostrando os dentes brancos em um sorriso alegre.

Mas o peso não saiu da consciência do Dr. Graham. Aquela inquietação que vinha sendo tão nebulosa agora se tornara tangível.

Capítulo 8

Uma conversa com Esther Walters

— Este lugar não é mais o que costumava ser — disse Mr. Rafiel, irritado, enquanto observava Miss Marple aproximando-se do lugar em que ele e sua secretária estavam sentados.

— Não se pode dar um passo por aqui sem que uma velha coroca apareça. O que essas mulheres querem, vindo para as Índias Ocidentais?

— Para onde o senhor acha que elas deveriam ir? — perguntou Esther Walters.

— Para Cheltenham — respondeu Mrs. Rafiel de imediato. — Ou Bournemouth — sugeriu. — Ou Torquay, ou Llandrindod Wells. Muitas opções. Elas gostam daqui, ficam felizes.

— Elas não podem vir toda hora para as Índias Ocidentais, suponho — disse Esther. — Nem todo mundo tem a sorte do senhor.

— É verdade — concordou Mr. Rafiel. — Jogue na cara. Cá estou eu, uma pilha de dores, aflições e desconjunturas. E você se ressentindo de qualquer alívio meu! E não faz trabalho algum. Por que não datilografou aquelas cartas ainda?

— Não tive tempo.

— Bem, então corra atrás, não é? Eu a trago aqui para trabalhar, não para ficar aí sentada se bronzeando e se exibindo.

Algumas pessoas teriam considerado as observações de Mr. Rafiel bastante insuportáveis, mas Esther Walters já trabalhava para ele por alguns anos e sabia bem que os latidos de Mr. Rafiel eram piores do que a mordida. Ele era um homem que sofria de dores quase contínuas, e fazer observações desagradáveis era uma de suas formas de se desopilar.

— Uma tardezinha adorável, não é? — disse Miss Marple, parando ao lado deles.

— Por que não seria? — perguntou Mr. Rafiel. — É para isso que estamos aqui, não é?

Miss Marple deu uma risadinha.

— O senhor é tão severo, é claro que o clima é um tema muito inglês para conversas, a gente esquece. Ah, Deus do céu... Essa é a cor errada de lã. — Ela largou a bolsa de tricô sobre a mesa de jardim e saltitou de volta até o próprio bangalô.

— Jackson! — gritou Mr. Rafiel.

O rapaz apareceu.

— Leve-me de volta para dentro. Vou querer minha massagem agora, antes que aquela tagarela volte. Não que a massagem me faça algum bem — acrescentou.

Dito isso, ele se permitiu ser habilmente ajudado a se levantar e foi embora com o massagista até seu bangalô.

Esther Walters olhou para ele e então virou a cabeça quando Miss Marple voltou com o novelo de lã para se sentar perto dela.

— Espero não estar incomodando — disse Miss Marple.

— Claro que não — garantiu Esther Walters. — Tenho que sair e datilografar algumas mensagens logo mais, mas vou aproveitar uns dez minutos de pôr do sol primeiro.

Miss Marple sentou-se e, com a voz gentil, começou a conversar. Enquanto falava, estudou Esther Walters. Nem um pouco glamourosa, mas podia ser atraente se tentasse. Miss Marple se perguntou por que não tentava. Podia ser, é claro, porque Mr. Rafiel não teria gostado, mas Miss Marple achava que ele não se importaria nem um pouco. O homem era tão completamente egocêntrico que, enquanto não fosse pessoalmente negligenciado, sua secretária poderia se vestir feito uma húri no Paraíso sem que ele fizesse qualquer objeção. Além disso, ele costumava ir para a cama cedo, e, à noitinha, na hora das bandas de metais e dançarinos, Esther Walters podia facilmente ter... Miss Marple fez uma pausa para escolher a palavra, ao mesmo tempo que rememorava alegremente sua visita a Jamestown. Ah, sim, *florescido*. Esther Walters poderia ter florescido ao anoitecer.

Ela conduziu a conversa delicadamente na direção de Jackson.

No quesito Jackson, Esther Walters fora um tanto vaga.

— Ele é muito competente — disse. — Um massagista plenamente treinado.

— Suponho que esteja com Mr. Rafiel há bastante tempo?

— Ah, não... Cerca de nove meses, creio.

— Ele é casado? — arriscou Miss Marple.

— Casado? Acho que não — disse Esther, um pouco surpresa. — Se é, nunca mencionou. — E acrescentou: — Não. Definitivamente *não é* casado, devo dizer. — E demonstrou espanto.

Miss Marple interpretou a resposta incluindo em seu próprio pensamento a seguinte frase: "De modo algum ele se comporta como se fosse casado."

Mas, então, havia tantos homens casados que não se comportavam assim! Miss Marple podia pensar em inúmeros exemplos!

— Ele é bem-apessoado — comentou, pensativa.

— Sim... suponho que seja — disse Esther, sem interesse.

Miss Marple a contemplou pensativa. Desinteressada em homens? O tipo de mulher, talvez, que se interessara somente por um homem: uma viúva, diziam.

· UM MISTÉRIO NO CARIBE ·   **59**

— Você trabalha para Mr. Rafiel há muito tempo?
— Quatro ou cinco anos. Depois que meu marido morreu, tive que voltar a trabalhar. Tenho uma filha na escola, e meu marido me deixou muito mal.
— Deve ser difícil trabalhar para um homem como Mr. Rafiel, não?
— Não muito, não depois que você o conhece melhor. Ele tem acessos de raiva e é muito contraditório. Acho que o problema mesmo é que ele se cansa das pessoas. Teve cinco valetes em dois anos. O patrão gosta de ter alguém novo para provocar. Mas nós dois sempre nos demos muito bem.
— Mr. Jackson parece ser um jovem prestativo.
— Ele tem muito tato e é habilidoso — disse Esther. — Claro, às vezes, é um pouco... — Ela se interrompeu.
Miss Marple analisou esse traço.
— É uma posição um tanto difícil? — sugeriu.
— Bem, sim. Nem uma coisa, nem outra. Contudo... — Ela sorriu. — Acho que ele dá um jeito de aproveitar bem.
Miss Marple analisou isso também. Não ajudava muito. Ela continuou sua conversa tagarela e logo estava escutando bastante sobre aquele quarteto de amantes da natureza, os Dyson e os Hillingdon.
— Os Hillingdon têm vindo aqui pelos últimos três ou quatro anos, no mínimo — disse Esther —, mas Gregory Dyson vem para cá há muito mais tempo do que isso. Ele conhece as Índias Ocidentais muito bem. Acho que veio aqui, originalmente, com a primeira esposa. Ela era sensível e precisava viajar ao exterior nos invernos ou, no mínimo, ir para algum lugar quente.
— Ela morreu? Ou foi um divórcio?
— Morreu. Fora daqui, acredito. Não nessa ilha em particular, digo, mas em uma das ilhas das Índias Ocidentais. Houve algum tipo de confusão, acredito, um escândalo ou algo assim. Ele nunca fala sobre ela. Outra pessoa me contou. Pelo que sei, eles não se davam muito bem.

— E então ele se casou com essa Lucky — disse Miss Marple com leve desagrado, como se dissesse: "Sinceramente, que nome horrível!"

— Acho que ela era parente da primeira esposa.

— E eles conhecem os Hillingdon há muitos anos?

— Ah, acho que só desde que os Hillingdon começaram a vir para cá. Três ou quatro anos, não mais do que isso.

— Os Hillingdon parecem ser tão agradáveis — comentou Miss Marple. — Quietos, claro.

— Sim, são ambos muito quietos.

— Todos dizem que eles são bastante devotados um ao outro — falou Miss Marple. O tom de sua voz não se comprometia, mas Esther Walters a encarou com aspereza.

— Mas a senhora não acha que sejam?

— Você mesma não acha isso, não é, minha querida?

— Bem, eu me pergunto às vezes...

— Homens quietos, como o Coronel Hillingdon — disse Miss Marple —, costumam ser atraídos pelos tipos exuberantes. — E ela acrescentou, após uma pausa significativa: — Lucky... Acho um nome bem curioso. Você acredita que Mr. Dyson faz alguma ideia do que... do que pode estar acontecendo?

Que velha fofoqueira, pensou Esther Walters. *Essas velhotas, sinceramente!*

— Não faço ideia — respondeu, um tanto fria.

Miss Marple mudou para outro tópico.

— Bem, acho muito triste essa questão do pobre Major Palgrave...

Esther Walters concordou, ainda que de um modo um tanto perfunctório.

— As pessoas de que tenho pena mesmo são os Kendal — falou.

— Sim, suponho que seja um azar enorme quando algo desse tipo acontece em um hotel.

— As pessoas vêm para cá, veja bem, para se divertir, não é? — disse Esther. — Para esquecer de doenças, mortes, impostos, encanamentos congelados e tudo o mais. Elas não gostam... — disse, com um súbito lampejo de modos inteiramente diferentes — de qualquer coisa que lembre a mortalidade.

Miss Marple baixou seu tricô.

— Ah, isso foi muito apropriado, minha querida — disse ela —, muito apropriado, de fato. Sim, é exatamente assim.

— E eles são um casal bastante jovem — falou Esther Walters. — Acabaram de assumir o lugar dos Sanderson e estão terrivelmente preocupados se vão ter sucesso ou não, porque não têm tanta experiência.

— E você acredita que isso possa ser desvantajoso em demasia para eles?

— Bem, não, sinceramente, não acho — respondeu Esther Walters. — Não acho que as pessoas lembrarão de nada por mais de um dia ou dois, não nessa atmosfera de "viemos-aqui--para–nos-divertir-vamos-seguir-em-frente". Acho que a morte só as abala por umas 24 horas e, então, não pensam no assunto de novo assim que o funeral acaba. Quer dizer, a não ser que sejam lembrados disso. Foi o que falei para Molly, mas é claro que ela é do tipo preocupada.

— Mrs. Kendal é preocupada? Ela parece sempre tão descontraída.

— Acho que é só fachada — falou Esther, devagar. — Na realidade, acho que ela é do tipo ansiosa que não consegue deixar de se preocupar o tempo todo com coisas que *podem* dar errado.

— Achei que *ele* se preocupava mais do que ela.

— Não. Em minha opinião, ela é que se preocupa, e ele se preocupa porque ela se preocupa, se entende o que quero dizer.

— Interessante — comentou Miss Marple.

— Acho que Molly tenta desesperadamente mostrar que está muito alegre e se divertindo. Ela trabalha bastante, mas o esforço a deixa exausta. Então, tem esses acessos estranhos de depressão. Ela não é... bem, não é muito equilibrada.

— Pobrezinha — disse Miss Marple. — Com certeza há pessoas assim, e, em geral, quem está de fora nem suspeita.

— Não, os dois interpretam uma boa cena, não é? Contudo — acrescentou Esther —, não acho que Molly tenha nada com que se preocupar nesse caso. Digo, pessoas morrem de trombose, de hemorragia cerebral ou de coisas desse tipo o tempo todo hoje em dia. Mais do que costumavam, até onde sei. É só com uma intoxicação alimentar, ou febre tifoide, ou algo assim que as pessoas ficam agitadas.

— O Major Palgrave nunca mencionou para mim que tinha pressão alta — comentou Miss Marple. — Ele falou algo para você?

— Ele disse para alguém, não sei quem, talvez para Mr. Rafiel. Eu sei que Mr. Rafiel disse o oposto, mas ele é assim! Certamente Jackson mencionou para mim uma vez. Ele disse que o major devia tomar mais cuidado com o álcool.

— Compreendo. — disse Miss Marple, pensativa. E continuou: — Imagino que você o achasse um velho um tanto chato. Ele contava um monte de histórias e creio que as repetia um bocado.

— Essa era a pior parte — confessou Esther. — Você escuta a mesma história repetidas vezes até se tornar capaz de ser rápida o bastante para interrompê-lo.

— Claro que eu não me importava muito — disse Miss Marple. — Porque estou acostumada com esse tipo de coisa. Se me contam a mesma história com frequência, realmente não me importo de ouvi-la de novo, porque, em geral, eu as esqueço.

— Tem isso — falou Esther, e riu.

— Havia uma história que ele gostava muito de contar — disse Miss Marple —, sobre um assassinato. Imagino que ele lhe contou essa, não?

Esther Walters abriu sua bolsa e se pôs a vasculhar nela. Ela tirou o batom e disse:

— Achei que o tinha perdido. — E então falou: — Desculpe, o que a senhora disse?

— Perguntei se o Major Palgrave lhe contou sua história de assassinato favorita.

— Acredito que sim, agora que paro para pensar. Algo sobre alguém que se matou com gás, não é? Só que foi a *esposa* que o matou com gás. Digo, ela deu um sedativo de algum tipo e então meteu a cabeça do marido no forno. Foi isso?

— Acho que não era assim — disse Miss Marple, olhando para Esther Walters pensativa.

— Ele contava várias histórias do tipo — comentou Esther Walters, desculpando-se. — E, como falei, eu nem sempre prestava atenção.

— Ele tinha uma fotografia — disse Miss Marple — que costumava mostrar para as pessoas.

— Acredito que sim... Não consigo lembrar como era agora. Ele lhe mostrou?

— Não — respondeu Miss Marple. — Não me mostrou. Fomos interrompidos.

Capítulo 9

Miss Prescott e os demais

— A história que *eu* ouvi — disse Miss Prescott, baixando a voz e olhando ao redor com cuidado. Miss Marple puxou a cadeira para mais perto. Algum tempo se passara até que fosse capaz de ficar a sós com Miss Prescott para uma conversa. Isso se dava porque o clérigo era um homem fortemente ligado à família, de modo que Miss Prescott estava quase sempre acompanhada do irmão, e não havia dúvida de que era mais fácil para Miss Marple e Miss Prescott botarem a fofoca em dia quando o jovial cônego não lhes fazia companhia.

— Eu acho — disse Miss Prescott —, embora não queira fazer nenhum escândalo e eu não saiba *nada* a respeito...

— Ah, eu sei *bem* — falou Miss Marple.

— Acho que aconteceu algum escândalo quando a primeira esposa dele ainda estava viva! Aparentemente essa mulher, Lucky, que nome!, que acredito ser uma prima da primeira esposa, veio aqui e se juntou a eles, e creio que tenha feito algum trabalho com eles envolvendo flores e borboletas ou o que quer que fosse. E as pessoas falavam muito, porque eles se davam tão bem... se é que me entende.

— As pessoas percebem tanto as coisas, não? — comentou Miss Marple.

— E então, claro, quando a esposa morreu de repente...

— Ela morreu aqui, nesta ilha?

— Não. Não, acho que estavam em Martinica ou Tobago na ocasião.

— Compreendo.

— Mas escutei de outras pessoas que estavam lá na ocasião, que vieram para cá e falaram sobre o assunto, que o médico não ficou muito satisfeito.

— De fato — disse Miss Marple, com interesse.

— Era só *fofoca*, mas... Bem, Mr. Dyson certamente se casou de novo rápido *demais*. — Ela baixou a voz outra vez. — Apenas um *mês* depois, acredito.

— Um mês! — repetiu Miss Marple.

As duas mulheres olharam uma para a outra.

— Me parece... insensível — disse Miss Prescott.

— Sim — concordou Miss Marple —, sim, parece. — Ela acrescentou delicadamente: — Havia algum dinheiro?

— Não sei. Ele faz suas piadinhas, talvez você já as tenha escutado, sobre sua esposa ser seu "amuleto da sorte".

— Sim, já escutei — disse Miss Marple.

— Algumas pessoas acham que isso significa que ele teve sorte em casar com uma esposa rica. Embora, é claro — falou Miss Prescott, com ares de quem está sendo bastante sincera —, ela seja bonita também, se a pessoa se importa com isso. E acho que quem tinha o dinheiro era a *primeira* esposa.

— Os Hillingdon são bem de vida?

— Penso que eles *vivam bem*. Não digo fabulosamente ricos, mas acho que estão melhor do que a maioria. Eles têm dois meninos estudando em escolas particulares e um lugarzinho bonito na Inglaterra, acredito, e viajam durante a maior parte do inverno.

O cônego aparecera nesse instante para sugerir uma curta caminhada, e Miss Prescott ergueu-se para se juntar ao irmão. Miss Marple permaneceu onde estava.

Alguns minutos depois, Gregory Dyson passou por ela caminhando em direção ao hotel. Ele acenou alegremente ao passar.

— Como tem passado, Miss Marple? — disse ele.

A idosa sorriu com gentileza, imaginando como ele reagiria se ela respondesse: "Estava aqui me perguntando se você é um assassino."

Parecia muito provável que fosse. Tudo se encaixava: essa história sobre a morte da primeira Mrs. Dyson — o Major Palgrave decerto estivera falando sobre um assassino de esposas — com referência especial aos Crimes das Noivas na Banheira.

Sim, se encaixava, a única objeção era que se encaixava bem demais. Mas a própria Miss Marple reprovava esse pensamento — quem era ela para exigir assassinos feitos sob medida?

Uma voz a fez pular — uma voz um tanto rouca.

— A senhora viu Greg em algum lugar, Miss... hã...

Lucky, Miss Marple pensou, não estava de bom humor.

— Ele passou por aqui agora mesmo, indo na direção do hotel.

— Aposto que sim! — exclamou Lucky, irritada, e se apressou.

Quarenta anos, no máximo, e aparentando todos eles na manhã de hoje, pensou Miss Marple.

Ela foi tomada por um sentimento de pena — pena das Luckys do mundo, tão vulneráveis ao tempo...

Ao som de um barulho atrás de si, virou a cadeira.

Mr. Rafiel, apoiando-se em Jackson, fazia sua aparição matinal e saía de seu bangalô.

Jackson fez o patrão se sentar em sua cadeira de rodas e ficou zanzando ao seu redor. Mr. Rafiel dispensou o criado com um aceno impaciente, e Jackson foi na direção do hotel.

Miss Marple não titubeou — Mr. Rafiel nunca era deixado sozinho por muito tempo. Provavelmente Esther Walters logo viria se juntar a ele. Miss Marple queria trocar uma palavra a sós com Mr. Rafiel e agora, pensou, era sua chance. Ela teria que ser rápida sobre o que queria dizer. Não poderia haver rodeios. Mr. Rafiel não era um homem que se interessava por conversas ociosas das velhas senhoras. Ele provavelmente ia preferir se recolher de volta ao bangalô, definitivamente julgando a si mesmo vítima de uma perseguição. Miss Marple decidiu ir direto ao ponto.

Ela abriu caminho até onde ele estava sentado, puxou sua cadeira, sentou-se e disse:

— Gostaria de lhe perguntar uma coisa, Mr. Rafiel.

— Tudo bem, tudo bem — respondeu Mr. Rafiel —, vamos lá. O que você quer... Uma assinatura, suponho? Missões na África ou reparar uma igreja, algo do tipo?

— Sim — respondeu Miss Marple. — Estou interessada em vários assuntos dessa natureza, e adoraria se o senhor me desse sua assinatura em algum deles. Mas, na realidade, não é isso que gostaria de lhe perguntar. O que eu ia dizer é se o Major Palgrave alguma vez lhe contou uma história sobre um assassinato.

— Opa — disse Mr. Rafiel. — Então ele lhe contou também, foi? E aposto que a senhora mordeu a isca e caiu nessa.

— Eu não sei bem o que pensar — falou Miss Marple. — O que exatamente ele lhe contou?

— Ele ficou tagarelando sobre uma criatura adorável, uma Lucrécia Bórgia reencarnada, jovem, loura e tudo mais.

— Ah — disse Miss Marple, ligeiramente chocada —, e quem ela matou?

— O marido, é claro — retrucou Mr. Rafiel. — Quem você acha?

— Veneno?

— Não, penso que ela lhe deu algo para dormir e, então, o meteu em um forno a gás. Mulher engenhosa. Alegou que foi suicídio. Ela se livrou bem. Responsabilidade reduzida ou algo assim. É como chamam hoje em dia se você for uma mulher atraente ou um rapazinho desordeiro miserável cuja mãe o mimou demais. Bá!

— O major lhe mostrou uma fotografia?

— Quê... Uma fotografia da mulher? Não. Por que faria isso?

— Ah — disse Miss Marple.

Ela ficou ali sentada, um tanto confusa. Aparentemente, o Major Palgrave passou seus dias contando às pessoas não apenas sobre os tigres que havia matado ou os elefantes que caçara, mas também sobre os assassinos que conhecera. Talvez tivesse um repertório inteiro de histórias de assassinato. É preciso encarar o fato de que... Então, Miss Marple se assustou quando Mr. Rafiel soltou um súbito rugido chamando seu valete. Não houve resposta.

— Devo chamá-lo para o senhor? — perguntou Miss Marple, erguendo-se.

— Não vai encontrá-lo. Deve estar paquerando moças em algum lugar, é o que ele faz. Não presta, o camarada. Mau-caráter. Mas serve bem ao que preciso.

— Vou procurá-lo — avisou Miss Marple.

Miss Marple encontrou Jackson sentado no lado mais distante do terraço do hotel, tomando um drinque com Tim Kendal.

— Mr. Rafiel está chamando por você — disse ela.

Jackson deu um sorriso amarelo, bebeu de seu copo e se pôs de pé.

— E lá vamos nós. Os perversos não têm paz. Duas chamadas telefônicas e um pedido especial da dieta. Achei que me daria ao menos um álibi de vinte minutos. Pelo visto, não! Obrigado, Miss Marple. Obrigado pelo drinque, Mr. Kendal.

Ele foi embora.

— Tenho pena desse rapaz — comentou Tim. — De vez em quando, ofereço-lhe um drinque só para animá-lo. E a senhora, quer alguma coisa? Que tal uma limonada fresca? Sei que a senhora gosta.

— Agora não, obrigada. Suponho que cuidar de alguém como Mr. Rafiel deve ser um tanto exaustivo. Inválidos costumam ser difíceis.

— Não estava falando apenas disso. É um trabalho que paga bem, então é esperado ter que lidar com uma boa dose de extravagâncias. O velho Rafiel não é da pior espécie. Digo mais no sentido de... — Ele hesitou.

Miss Marple o encarou, inquisitiva.

— Bem, como posso dizer... É difícil para ele, socialmente. As pessoas são tão esnobes... Não há ninguém aqui de seu nível social. Ele está acima de um criado, mas abaixo do visitante médio, ou pensa estar. Um tanto como uma governanta vitoriana. Mesmo a secretária, Mrs. Walters, parece se sentir acima dele. Isso torna as coisas difíceis. — Tim fez uma pausa, então disse, com sensibilidade: — É mesmo horrível o tanto de questões sociais que existem em lugares assim.

O Dr. Graham passou por eles segurando um livro. Seguiu e sentou-se na mesa com vista para o mar.

— O Dr. Graham parece um tanto preocupado — observou Miss Marple.

— Ah! Todos nós estamos.

— O senhor também? Por causa da morte do Major Palgrave?

— Não me preocupo mais com isso. As pessoas parecem já ter esquecido, deixaram passar. Não... É minha esposa, Molly. A senhora sabe algo a respeito de sonhos?

— Sonhos? — Miss Marple ficou surpresa.

— Sim, sonhos ruins, pesadelos, suponho. Ah, todos nós temos esse tipo de coisa de vez em quando. Mas Molly... Ela parece que os tem o tempo todo e está assustada. Há algo que se possa fazer a respeito? Algo que se possa tomar? Ela tem alguns comprimidos para dormir, mas diz que eles só pioram. Ela luta para acordar e não consegue.

— Sobre o que são os sonhos?

— Ah, algo ou alguém a perseguindo. Observando-a ou espionando-a. E ela não consegue afastar a sensação quando está acordada.

— Com certeza um médico...

— Ela não é muito fã de médicos. Não quer nem ouvir falar deles. Ah, bem, ouso dizer que tudo vai passar. Mas é que estávamos tão felizes. Tudo era só diversão. E agora, recentemente... Talvez a morte do velho Palgrave a tenha perturbado. Ela parece uma pessoa diferente desde então.

Ele se levantou.

— Tenho que cuidar das tarefas do dia. Tem certeza de que não vai querer aquela limonada?

Miss Marple balançou a cabeça.

E ficou ali sentada, pensando. Sua expressão estava séria e ansiosa.

Ela olhou para o Dr. Graham.

Então tomou uma decisão.

Levantou-se e foi até a mesa dele.

— Preciso me desculpar com o senhor, Dr. Graham — disse.

— Precisa?

O médico a encarou com uma surpresa singela. Ele puxou uma cadeira, e ela se sentou.

— Receio ter feito uma coisa muito desonrosa — confessou Miss Marple. — Eu lhe contei, Dr. Graham, uma mentira deliberada.

Ela o observou com apreensão.

O Dr. Graham não pareceu abalado, mas demonstrou um pouco de espanto.

— É mesmo? — disse. — Ah, bem, não deixe que isso a preocupe demais.

Que mentiras a velha pobrezinha pode ter lhe contado, ele imaginou. Sua idade? Até onde podia lembrar, ela não havia mencionado isso.

— Bem, vamos ouvir a respeito — disse ele, já que ela claramente desejava confessar.

— O senhor se lembra de que lhe falei sobre a fotografia de meu sobrinho, aquela que mostrei ao Major Palgrave, e que ele não me devolveu?

— Sim, sim, é claro que sim. Me desculpe por não tê-la encontrado para a senhora.

— Não havia foto alguma — confessou Miss Marple, com a voz assustada.

— Como?

— Não havia foto alguma. Inventei toda essa história.

— A senhora inventou? — O Dr. Graham pareceu ligeiramente incomodado. — Por quê?

Miss Marple lhe contou tudo com bastante clareza, sem rodeios. Contou-lhe sobre o causo de assassinato do Major Palgrave, como ele estava para lhe mostrar essa fotografia em particular e sua súbita confusão, então passou para a própria ansiedade e para sua decisão final de tentar, de alguma forma, dar uma olhada nessa fotografia.

— E, sinceramente, não encontrei outra forma de fazer isso sem lhe contar algo um tanto inverídico — disse ela. — Espero que o senhor me perdoe.

— A senhora pensou que ele estava prestes a lhe mostrar a fotografia de um assassino?

— Foi o que ele disse — falou Miss Marple. — Ao menos mencionou que tinha sido ofertada pelo tal conhecido que lhe contou a história sobre um homem que era assassino.

— Sim, sim. E, me desculpe, mas a senhora acreditou?

— Não sei se acreditei ou não na ocasião — respondeu Miss Marple. — Mas então, veja o senhor, no dia seguinte, o major morreu.

— Sim — disse o Dr. Graham, atingido de súbito pela clareza da frase. *No dia seguinte, o major morreu...*

— E então a fotografia desapareceu.

O Dr. Graham a encarou. Ele não sabia bem o que dizer.

— Perdoe-me, Miss Marple — disse, enfim —, mas isso que a senhora me conta agora... É mesmo verdade, dessa vez?

— Não estranho que duvide de mim — falou Miss Marple. — Eu o faria, em seu lugar. Sim, o que eu estou lhe contando é verdade, mas compreendo que o senhor tem apenas minha palavra quanto a isso. Ainda assim, mesmo que não acredite, pensei que deveria lhe contar.

— Por quê?

— Ocorreu-me que o senhor deveria ter a informação mais completa possível, no caso de...

— No caso de quê?

— No caso de decidir fazer algo a respeito.

Capítulo 10

Uma decisão em Jamestown

O Dr. Graham estava em Jamestown, no escritório do administrador, sentado à mesa diante de seu amigo Daventry, um rapaz sério de 35 anos.

— Você soou um tanto misterioso no telefone, Graham — disse Daventry. — O assunto é algo especial?

— Eu não sei — respondeu o Dr. Graham. — Mas estou preocupado.

Daventry olhou para o rosto do outro, então assentiu no momento em que as bebidas foram trazidas. Falou casualmente de um passeio de pesca que fizera havia pouco. Então, quando o serviçal foi embora, acomodou-se em sua cadeira e olhou para o doutor.

— Agora — disse —, vamos lá.

O Dr. Graham repassou os fatos que o incomodavam. Daventry soltou um longo e lento assovio.

— Compreendo. Você acha que talvez tenha algo estranho na morte do velho Palgrave? Não tem mais certeza de que tenha sido por causas naturais? Quem certificou a morte? Robertson, suponho? Ele não teve dúvida, não?

— Não, mas acho que pode ter sido influenciado a dar o certificado pelo fato de haver comprimidos de Serenite no banheiro. Ele me perguntou se Palgrave havia mencionado que sofria de hipertensão, e respondi que não. Eu mesmo nunca tive nenhuma conversa médica com ele, mas, aparentemente, ele havia falado sobre isso com outras pessoas no hotel. A coisa toda, o frasco de comprimidos, e o que Palgrave contou às pessoas, tudo se encaixava, não havia razão para suspeitar de nada. Era uma conclusão perfeitamente natural. Mas acho agora que pode não ter sido correta. Se tivesse sido meu trabalho dar o certificado, eu o teria feito sem pensar duas vezes. As aparências eram bastante consistentes com uma morte por essa causa. Nunca teria pensado a respeito se não fosse pelo estranho desaparecimento daquela foto...

— Mas escute, Graham — disse Daventry. — Se me permite dizer, não acha que está se fiando demais em uma história um tanto fantasiosa que lhe foi contada por uma senhora? Você sabe como essas velhas são. Elas aumentam um pequeno detalhe e inventam a coisa toda.

— Sim, eu sei — falou o Dr. Graham, triste. — Sei bem. Falei para mim mesmo que pode ser isso, que provavelmente *é* isso. Mas não consigo me convencer. Ela foi muito clara e detalhada em sua declaração.

— Para mim, a coisa toda parece bastante improvável — afirmou Daventry. — Alguma velha conta uma história sobre uma fotografia que não devia estar lá... Não, estou confundindo as coisas. Era o contrário, não? Mas o único fato que você realmente tem como ponto de partida é que uma camareira afirmou que o frasco no qual as autoridades se basearam como evidência não estava no quarto do major no dia anterior à sua morte. Porém, há centenas de explicações para isso. Ele pode ter sempre carregado esses comprimidos no bolso.

— É possível, suponho.

— Ou a camareira pode ter se enganado e simplesmente nunca os percebeu antes.

— Também é possível.

— Pois então.

Graham falou devagar.

— Mas a garota tinha certeza absoluta!

— Bem, o povo de St. Honoré se deixa impressionar, você sabe. São emotivos. Ficam agitados com facilidade. Acha que ela sabe... um pouquinho mais do que disse?

— Acho que pode ser isso também — falou o Dr. Graham, devagar.

— Se for o caso, é melhor tentar extrair algo dela. Não queremos criar uma agitação desnecessária. A não ser que definitivamente haja algo acontecendo. Se o major não morreu de pressão alta, pensa que foi de quê?

— Há muitas coisas que poderiam ser, hoje em dia — respondeu o Dr. Graham.

— Coisas que não deixam traços reconhecíveis?

— Nem todo mundo — falou o Dr. Graham, seco — faz o favor de usar arsênico.

— Não, vamos deixar as coisas bem claras. Qual é seu palpite? Que um frasco de comprimidos foi colocado no lugar do verdadeiro? E que o Major Palgrave foi envenenado assim?

— Não... não assim. Isso foi o que a menina, Victoria sei-lá-o-quê, pensou. Mas ela entendeu tudo errado: se alguém decidiu se livrar do major, e rápido, teria lhe sido dada alguma coisa, provavelmente uma bebida. Então, para fazer com que parecesse uma morte natural, um frasco de comprimidos prescritos para pressão alta foi colocado em seu quarto. E espalhou-se o rumor de que ele sofria dessa condição.

— Quem espalhou o rumor?

— Tentei descobrir, mas sem sucesso. Foi feito de um modo muito esperto. Fulano diz: "Eu *acho* que Beltrano me contou." Beltrano, perguntado, diz: "Não, eu não falei, mas acho que me lembro de Sicrano mencionando isso algum dia." E Sicrano diz: "Muitas pessoas falaram a respeito, uma delas, eu acho, foi Fulano." E lá estamos, de volta outra vez.

— Alguém foi esperto?

— Sim. No momento em que a morte foi descoberta, todo mundo estava falando sobre a pressão alta do major e repetindo o que outras pessoas disseram.

— Não teria sido mais simples apenas envenená-lo e deixar correr assim?

— Não. Isso implicaria um inquérito, possivelmente uma autópsia. Do modo como foi feito, um médico aceitaria a morte e daria o certificado de óbito... como aconteceu.

— O que quer que eu faça? Que vá ao Departamento de Investigação Criminal? Sugira que desenterrem o camarada? Vai criar um bocado de problemas...

— Poderia ser feito com discrição.

— Poderia? Em St. Honoré? Pense bem! A coisa ia esquentar antes mesmo de acontecer. Mesmo assim... — Daventry suspirou. — Suponho que tenhamos que fazer alguma coisa. Mas se quer minha opinião, será como procurar chifre em cabeça de cavalo.

— Eu realmente espero que seja — disse o Dr. Graham.

Capítulo 11

Entardecer no Golden Palm

Molly redistribuiu alguns dos arranjos de mesa no salão de jantar, retirou uma faca sobressalente, endireitou um garfo, limpou um copo ou dois, afastou-se para olhar o efeito e então saiu caminhando para o terraço. Não havia ninguém lá naquele momento, e ela caminhou até o canto mais distante, onde parou na balaustrada. Logo outra noite começaria. Alvoroço, conversas, bebidas, tudo muito alegre e despreocupado, o tipo de vida que ela tanto desejava e, até poucos dias atrás, apreciava. Agora, até mesmo Tim parecia ansioso e preocupado. Era natural, talvez, que devesse se preocupar um pouco. Era importante que o empreendimento desse certo. Afinal, ele depositou tudo que tinha nisso.

Mas isso, pensou Molly, não era o que o preocupava *de fato*. "Sou *eu*. Mas não vejo por que ele deveria se preocupar comigo", pensou Molly. Porque ele se preocupava com ela, isso era certo. As perguntas que fazia, os olhares rápidos e nervosos que lançava para ela de tempos em tempos. "Mas por quê?", pensou Molly. "Tenho sido tão cuidadosa." Repassou as coisas em sua mente. Ela mesma não compreendia. Fato é que tinha começado a se assustar com as pessoas. Mas não sabia o porquê. O que podiam fazer com ela? O que poderiam querer com ela?

Ela balançou a cabeça, e então deu um pulo violento quando a mão de alguém tocou seu braço. Ela se virou para encontrar Gregory Dyson, ligeiramente surpreso, parecendo pedir desculpas.

— Mil perdões. Assustei você, mocinha?

Molly odiava ser chamada de "mocinha". Ela disse, rápida e radiante:

— Não o escutei chegando, Mr. Dyson, então me assustei.

— Mr. Dyson? Estamos muito formais esta noite. Não somos todos uma grande família feliz aqui? Ed, eu, Lucky, Evelyn, você, Tim, Esther Walters e o velho Rafiel. Todo nosso bando, uma família feliz.

"Ele já bebeu o bastante", pensou Molly, e então sorriu para o homem, agradavelmente.

— Ah! Eu encarno a anfitriã tradicional às vezes — disse, com leveza. — Tim e eu acreditamos que é melhor não tomar muitas liberdades com nomes de batismo.

— Ah, não! Não queremos nada desse negócio engomadinho. Agora veja só, Molly, querida, tome um drinque comigo.

— Mais tarde — respondeu. — Tenho algumas coisinhas para terminar.

— Não saia correndo. — Greg enroscou o braço no dela.

— Você é uma menina adorável, Molly. Espero que Tim veja a sorte que tem.

— Ah, eu cuido para que sim — disse Molly, alegremente.

— Eu poderia me deixar levar por você, sabe, ir com tudo.

— Ele se inclinou para ela. — Ainda que não deixaria minha esposa me ouvir dizendo isso.

— Fez um bom passeio essa tarde?

— Suponho que sim. Cá entre nós, fico um pouco cansado. Pássaros e borboletas deixam a gente assim. O que me diz de você e eu sairmos para um piqueniquezinho só nosso um dia desses?

— Vamos ver — respondeu Molly, alegre. — Ficarei esperando o convite.

Ela escapou com uma risadinha e voltou para o bar.

— Oi, Molly — disse Tim. — Você parece nervosa. Com quem estava lá fora?

Ele deu uma espiada para o terraço.

— Gregory Dyson.

— O que ele queria?

— Me dar uma cantada.

— Maldito — falou Tim.

— Não se preocupe. Dou conta de toda maldição necessária.

Tim começou a responder, avistou Fernando e foi na direção dele, gritando algumas orientações. Molly deslizou pela porta da cozinha e desceu os degraus até a praia.

Gregory Dyson xingou baixinho. Então, caminhou devagar de volta para seu bangalô. Estava quase chegando lá quando a voz falou com ele vinda da sombra de um dos arbustos. Virou a cabeça, assustado. No crepúsculo, pensou por um instante que fosse uma figura fantasmagórica à espreita. Então riu. Parecera-lhe uma aparição sem rosto, mas isso fora porque, ainda que o vestido fosse branco, o rosto era negro.

Victoria saiu dos arbustos para a trilha.

— Mr. Dyson, por favor...

— Sim. Pois não?

Envergonhado por ter se assustado, Greg falou com um toque de impaciência.

— Eu lhe trouxe isso — disse ela, estendendo um frasco de comprimidos. — Pertence ao senhor, não é?

— Ah, meu Serenite. Sim, é claro. Onde o encontrou?

— Eu o encontrei onde foi colocado. No quarto do cavalheiro.

— O que quer dizer... No quarto do cavalheiro?

— O cavalheiro que está morto — disse ela, séria. — Não creio que ele durma muito bem na cova.

— E por que raios não? — perguntou Dyson.

Victoria ficou parada, encarando-o.

— Ainda não sei do que está falando. Está dizendo que encontrou esse frasco no bangalô do Major Palgrave?

— Isso mesmo. Depois que o doutor e o pessoal de Jamestown foram embora, me entregaram todas as coisas que estavam no banheiro para jogar fora. A pasta de dentes, as loções e todas as outras coisas... incluindo isso.

— Bem, por que não jogou fora?

— Porque eram seus. O senhor deu falta. Lembra, o senhor perguntou.

— Sim, bem... Sim, perguntei. Eu... eu tinha perdido o frasco.

— Não, o senhor não tinha perdido. Alguém tirou isso de seu bangalô e colocou no bangalô do Major Palgrave.

— Como você sabe? — questionou com aspereza.

— Eu sei. Eu vi. — Ela sorriu para ele em um lampejo súbito de dentes brancos. — Alguém o colocou no quarto do cavalheiro morto. Agora estou devolvendo ao senhor.

— Certo, espere. Mas como assim? O que... Quem você viu?

Ela saiu apressada, de volta para a escuridão dos arbustos. Greg ameaçou ir atrás, mas então parou. Ficou coçando o queixo.

— Qual o problema, Greg? Viu um fantasma? — perguntou Mrs. Dyson quando veio pela trilha do bangalô.

— Achei que sim, por um minuto ou dois.

— Com quem estava falando?

— A menina de cor que limpa nosso lugar. Victoria é o nome dela, não é?

— O que ela queria? Dar em cima de você?

— Não seja boba, Lucky. Aquela menina botou uma ideia idiota na cabeça.

— Ideia? Sobre o quê?

— Você se lembra que não consegui encontrar meu Serenite no outro dia?

— Você falou que não conseguiu.

— Como assim "eu falei que não consegui"?

· UM MISTÉRIO NO CARIBE ·

— Ah, pelo amor de Deus, você tem que implicar comigo por qualquer coisa?

— Desculpe — disse Greg. — É que todo mundo tem andado tão ridiculamente misterioso. — Ele estendeu a mão com o frasco. — A menina me trouxe de volta.

— Ela o havia pegado?

— Não. Ela... encontrou em outro lugar, acho.

— Bem, e o que foi? Qual o mistério?

— Ah, nada — disse Greg. — Fiquei irritado, só isso.

— Então, Greg, qual é o problema? Vamos. Vamos tomar um drinque antes do jantar.

Molly desceu para a praia. Ela puxou uma das cadeiras de vime mais antigas, uma das mais bambas que quase nunca era usada. Sentou-se nela por algum tempo olhando para o mar, e então, de súbito, deixou a cabeça cair entre as mãos e começou a chorar. Ficou ali sentada, soluçando descontroladamente por algum tempo. Então escutou um farfalhar por perto e apertou os olhos para ver Mrs. Hillingdon a observando.

— Olá, Evelyn, não escutei você. Eu... Desculpe.

— O que houve, criança? — perguntou Evelyn. — Alguma coisa errada? — Ela puxou outra cadeira e se sentou. — Conte-me.

— Não, nada de errado — disse Molly. — Nada mesmo.

— É claro que tem. Você não ia se sentar aqui e chorar por nada. Não pode me dizer? É algum... problema entre você e Tim?

— Ah, *não*.

— Fico feliz por isso. Vocês sempre parecem tão felizes juntos.

— Não mais do que vocês — comentou Molly. — Tim e eu sempre pensamos em como é maravilhoso que você e Edward possam ser tão felizes juntos depois de estarem casados há tanto tempo.

— Ah, isso — disse Evelyn. A voz dela ficou mais ríspida, mas Molly mal percebeu.

— As pessoas discutem tanto — disse Molly. — Brigam tanto. Mesmo que gostem bastante uma da outra, ainda assim, parecem brigar e não se preocupar nem um pouco se estão fazendo isso em público ou não.

— Algumas pessoas gostam de viver desse modo — comentou Evelyn. — Não quer dizer nada.

— Bem, acho que é horrível — falou Molly.

— Eu também — concordou Evelyn.

— Mas ver você e Edward...

— Ah, não é verdade, Molly. Não posso deixar que continue pensando coisas desse tipo. Edward e eu... — Ela fez uma pausa. — Se quer saber a verdade, mal trocamos uma palavra nos últimos três anos quando estamos sozinhos.

— O quê? — Molly a encarou, estupefata. — Eu... não posso acreditar.

— Ah, fazemos um bom espetáculo — disse Evelyn. — Nenhum de nós é do tipo que gosta de ter brigas em público. E, de qualquer modo, não tem mesmo nada sobre o que brigar.

— Mas o que deu errado? — perguntou Molly.

— O de sempre.

— O que quer dizer com o de sempre? Outra...

— Sim, outra mulher, e suponho que não será difícil para você adivinhar quem.

— Mrs. Dyson... Lucky?

Evelyn assentiu.

— Eu sei que eles sempre flertam um bocado — comentou Molly. — Mas achei que fosse só...

— Brincadeira? — perguntou Evelyn. — Sem segundas intenções?

— Mas por quê... — Molly fez uma pausa e tentou outra vez. — Mas não quis... Ah, digo, bem, suponho que não tenho o direito de perguntar.

· UM MISTÉRIO NO CARIBE ·   **83**

— Pergunte o que quiser. Estou cansada de nunca dizer uma palavra, cansada de ser a esposa feliz e bem-criada. Edward perdeu a cabeça por Lucky e foi idiota o bastante para me contar a respeito. Fez com que ele se sentisse melhor, suponho. Sincero. Honrado. Essas coisas todas. Não lhe ocorreu pensar que não faria com que *eu* me sentisse melhor.

— Ele quis deixar você?

Evelyn balançou a cabeça.

— Temos dois filhos, você sabe — falou. — Crianças a que nós dois somos muito afeiçoados. Estão na escola, na Inglaterra. Não quisemos dividir a casa. E, é claro, Lucky também não quer se divorciar, porque Greg é um homem muito rico. A primeira esposa lhe deixou bastante dinheiro. Então concordamos em deixar por isso mesmo. Edward e Lucky em feliz imortalidade, Greg em abençoada ignorância, e Edward e eu apenas bons amigos — contou, com amargura fervente.

— Como... como consegue suportar?

— A gente se acostuma com tudo. Mas, às vezes...

— Sim? — disse Molly.

— Às vezes, gostaria de matar aquela mulher.

A paixão por trás de sua voz alarmou Molly.

— Chega de falar de mim — disse Evelyn. — Vamos falar de você. Quero saber qual é o problema.

Molly ficou quieta por alguns instantes e então confessou:

— É só que... É só que acho que tem algo de errado comigo.

— Errado? Como assim?

Molly balançou a cabeça de um modo infeliz.

— Estou assustada — falou. — Estou muito assustada.

— Com o quê?

— Tudo — respondeu Molly. — Isso está... crescendo em mim. Vozes nos arbustos, passos ou coisas que as pessoas dizem. Como se alguém estivesse me observando o tempo todo, me espionando. Alguém me odeia. Alguém me odeia. É o que sinto. Que alguém me odeia.

— Minha querida. — Evelyn estava chocada e alarmada. — Por quanto tempo isso vem acontecendo?

— Eu não sei. Veio... Começou aos poucos. E tem outras coisas também.

— Que tipo de coisas?

— Em algumas ocasiões — falou Molly, devagar —, não consigo dar conta, não lembro.

— Você quer dizer que tem apagões, esse tipo de coisa?

— Suponho que sim. Digo, às vezes é, não sei, digamos cinco da tarde... e não consigo me lembrar de nada desde 13h30 ou duas horas.

— Ah, minha querida, mas isso só deve acontecer porque você estava dormindo. Pode ter dado uma cochilada.

— Não — retrucou Molly. — Não é nem um pouco assim. Porque veja só, no final, não é como se eu só tivesse cochilado. Eu estou em lugares diferentes. Às vezes, estou vestindo roupas diferentes e, às vezes, me vejo fazendo coisas, até mesmo dizendo coisas para as pessoas, conversando com alguém, e não me lembro de ter feito isso.

Evelyn parecia chocada.

— Mas Molly, querida, se é assim, você precisa ver um médico.

— Nada de médico! Não quero. Não chegaria *perto* de um médico.

Evelyn a encarou com severidade, então segurou as mãos da jovem entre as suas.

— Você pode estar se assustando por nada, Molly. Sabe que existe todo tipo de desordens nervosas que não são doenças nem um pouco sérias. Um médico logo a tranquilizaria.

— Ele não poderia. Vai dizer que tem mesmo algo de errado comigo.

— E por que teria algo de errado com você?

— Porque... — falou Molly e então ficou quieta. — Por nenhuma razão.

· UM MISTÉRIO NO CARIBE ·   85

— Sua família não poderia... Você não tem nenhum parente, sua mãe ou sua irmã não poderiam vir aqui?

— Não me dou bem com minha mãe. Nunca me dei. Eu tenho irmãs. Elas estão casadas, mas suponho... suponho que elas viriam se pedisse. Mas não quero. Não quero ninguém, exceto Tim.

— Tim sabe sobre isso? Você contou a ele?

— Na verdade, não — disse Molly. — Mas ele está ansioso comigo e me observa. É como se estivesse tentando me ajudar ou me proteger. Mas, se faz isso, é porque eu quero proteção, não é?

— Acho que boa parte pode ser só imaginação, mas ainda penso que você deveria ir a um médico.

— O velho Dr. Graham? Ele não serviria para nada.

— Há outros médicos na ilha.

— Está tudo bem, mesmo — afirmou Molly. — Eu só... preciso não pensar nisso. Espero que, como você disse, seja tudo imaginação. Minha nossa, está ficando tarde. Tenho que voltar ao serviço agora, no salão de jantar. Eu... eu preciso voltar.

Ela olhou para Evelyn Hillingdon de modo severo e quase agressivo, e então se foi, às pressas. Evelyn a observou.

Capítulo 12

Velhos pecados produzem grandes sombras

— Acho que pesquei algo.
— Como assim, Victoria?
— Acho que pesquei algo. Pode significar dinheiro. Muito dinheiro.
— Veja só, garota, tome cuidado, não vá arranjar problema. Talvez seja melhor contar o que é.
Victoria riu, uma risada cheia e profunda.
— Espere e verá — retrucou. — Sei como dar essa cartada. É dinheiro, homem, e dinheiro grande. Algo que vi e algo que adivinhei. E acho que adivinhei certo.
E, de novo, a risada calorosa e cheia correu na noite.

— Evelyn...
— Sim?
Evelyn Hillingdon falou de modo mecânico, sem interesse. Não olhou para o marido.
— Evelyn, você se importaria se encerrássemos a viagem por aqui e voltássemos para a Inglaterra?
Ela estivera penteando seu cabelo moreno curto. Agora, as mãos desceram de sua cabeça. Ela se virou para ele.
— Você quer dizer... Mas acabamos de chegar. Não estivemos na ilha por mais de três semanas.
— Eu sei. Mas... você se importaria?
Os olhos dela o perscrutaram incrédulos.

— Você realmente quer voltar para a Inglaterra? Voltar para casa?
— Quero.
— E deixar Lucky?
Ele piscou.
— Você sabia o tempo todo que... estava acontecendo?
— Sabia, sim.
— Mas nunca me disse nada.
— Por que deveria? Tudo foi esclarecido anos atrás. Nenhum de nós queria a separação. Então concordamos em seguir caminhos separados, mas mantendo as aparências em público. — Então ela acrescentou antes que ele pudesse falar: — Mas por que está tão decidido em voltar para a Inglaterra *agora*?
— Porque cheguei no limite. Não posso suportar mais, Evelyn. Não consigo.
O calmo Edward Hillingdon estava transtornado. Suas mãos tremiam, ele engolia em seco, seu rosto plácido e sem emoção parecia distorcido pela dor.
— Pelo amor de Deus, Edward, qual é o *problema*?
— Não existe problema exceto que quero ir embora.
— Você se apaixonou perdidamente por Lucky. E agora se cansou. É isso?
— Sim. Espero que jamais sinta o mesmo.
— Ah, não vamos entrar nesse assunto agora! Quero entender o que o incomoda tanto, Edward.
— Não estou particularmente incomodado.
— Está, sim. Por quê?
— Não é óbvio?
— Não, não é — retrucou Evelyn. — Vamos colocar as coisas em pratos limpos. Você teve um caso com uma mulher. Isso acontece com frequência. E agora acabou. Ou não acabou? Talvez não tenha acabado da parte *dela*. É isso? Greg sabe a respeito? Às vezes, eu me pergunto.

— Não sei — disse Edward. — Ele nunca fala nada. E sempre me pareceu amigável o bastante.

— Vocês, homens, podem ser extraordinariamente obtusos — comentou Evelyn, pensativa. — Ou então... Talvez Greg tenha conseguido ele mesmo outro foco de interesse!

— Ele lhe passou uma cantada, não foi? — perguntou Edward. — Me responda, eu sei que sim.

— Ah, sim — disse Evelyn, descuidada. — Mas ele faz isso com todas. Greg é assim. Nunca significa muita coisa. É só parte de seu personagem de machão.

— Você se importa com ele, Evelyn? Eu gostaria de saber a verdade.

— Greg? Sou afeiçoada a ele. O homem me intriga. É um bom amigo.

— E isso é tudo? Queria poder acreditar em você.

— Realmente não vejo como isso poderia importar para você — disse Evelyn, seca.

— Talvez eu mereça isso.

Evelyn caminhou até a janela, olhou ao longo da varanda e voltou.

— Gostaria de saber o que está incomodando você *de verdade*, Edward.

— Já falei.

— Então não entendi.

— Você não tem como compreender, imagino, o quão extraordinária uma loucura temporária como essa pode parecer quando é superada.

—Posso tentar. Mas o que está me incomodando agora é que Lucky parece ter colocado você em uma camisa de força. Ela não é só uma amante descartada. É uma tigresa com garras. Tem que me contar a verdade, Edward. É o único jeito, se quer que eu fique de seu lado.

Edward disse em voz baixa:

— Se não me afastar dela logo, vou acabar matando Lucky.

— Matar ela? Por quê?
— Por causa do que me levou a fazer.
— O que foi?
— Eu a ajudei a cometer um assassinato.
As palavras foram ditas. Silêncio. Evelyn o encarou.
— Você tem noção do que está falando?
— Sim. Eu não sabia o que estava fazendo. Tem coisas que Lucky me pede para conseguir com o farmacêutico. Eu não sabia, não tinha ideia do que ela queria com aquilo... Ela me pediu para copiar uma receita.
— Quando foi isso?
— Quatro anos atrás. Quando estávamos na Martinica. Quando... quando a esposa de Greg...
— A primeira esposa de Greg, Gail? Está dizendo que Lucky a envenenou?
— Sim... E eu ajudei. Mas quando me dei conta...
Evelyn o interrompeu.
— Quando se deu conta do que havia acontecido, Lucky mostrou que *você* havia escrito a receita, que *você* conseguira os remédios, que *você* e ela estavam nisso juntos? Foi isso?
— Sim. Ela disse que fez aquilo por piedade, que Gail estava sofrendo, que ela implora a Lucky que conseguisse algo que acabasse com tudo.
— Uma morte por misericórdia! Compreendo. E você acreditou?
Edward Hillingdon ficou em silêncio por um momento, e então disse:
— Não, não acreditei, na verdade... Não realmente... Aceitei porque *queria* acreditar, porque estava apaixonado por ela.
— E depois, quando ela casou com Greg, continuou acreditando?
— Eu me forcei a acreditar àquela altura.
— E Greg, o quanto ele sabe disso?

— Não sabe de nada.
— Acho difícil de acreditar!
Edward Hillingdon estourou:
— Evelyn, *preciso* me livrar dela! Aquela mulher ainda está me provocando por causa do que fiz. Lucky sabe que já não me importo mais com ela. Aliás, passei a odiá-la. Mas ela faz com que eu me sinta atado pela coisa que fizemos juntos.

Evelyn caminhou pelo quarto, então parou e o encarou.
— Seu problema, Edward, é que você é ridiculamente sensível... E também muito sugestionável. Aquela mulher diabólica o pegou bem onde ela queria quando jogou com seu senso de culpa. E digo isso em termos bíblicos claros: a culpa que pesa sobre você é a culpa do adultério, não do assassinato. Você é culpado por seu caso com Lucky. E então ela fez você de gato e sapato para o plano de assassinato dela, e deu um jeito de fazer com que dividisse a culpa. Mas você não *deve* fazer isso.

— Evelyn... — Ele deu um passo na direção dela.
Ela recuou um instante, e então o observou intrigada.
— Isso tudo é verdade, Edward, não é? Ou está inventando?
— Evelyn! Por que raios eu faria algo assim?
— Não sei — disse Evelyn Hillingdon devagar. — Talvez seja porque acho difícil confiar em qualquer um. E porque... Ah! Sei lá... Suponho que seja algo meu, ser incapaz de identificar a verdade quando a escuto.
— Vamos largar tudo e voltar para a Inglaterra.
— Sim, vamos. Mas não agora.
— Por que não?
— Temos que seguir em frente como sempre, só por enquanto. É importante. Entendeu, Edward? Não deixe Lucky ter ideia do que estamos pensando.

Capítulo 13

Victoria Johnson sai de cena

A noite chegava ao fim. A banda enfim relaxava depois da apresentação. Tim estava no salão de jantar olhando para o terraço. Ele apagou algumas velas em mesas que haviam ficado vagas.

Uma voz falou atrás dele.

— Tim, posso conversar com você um instante?

Tim Kendal ficou sobressaltado.

— Ora, Evelyn, é claro. Há algo que possa fazer por você?

Evelyn olhou ao redor.

— Vamos até aquela mesa ali, nos sentar por um minuto?

Ela conduziu o caminho até a mesa na extremidade do terraço. Não havia ninguém por perto para escutá-los.

— Tim, me perdoe vir falar com você, mas estou preocupada com Molly.

Seu rosto mudou de imediato.

— O que tem Molly? — perguntou, rígido.

— Não acho que ela esteja muito bem. Parece perturbada.

— Ultimamente, as coisas parecem perturbá-la com facilidade.

— Ela precisa ver um médico.

— Sim, eu sei, mas ela não quer. Ela detesta.

— Por quê?

— Hein? Como assim?

— Perguntei por quê. Por que ela odeia médicos?

— Bem — disse Tim, um tanto vago —, as pessoas, às vezes, odeiam, você sabe. É... bem, meio que faz elas ficarem assustadas consigo mesmas.
— Você também está preocupado, não está, Tim?
— Sim. Sim, bastante.
— Não tem ninguém da família dela que possa vir aqui ficar com ela?
— Não. Isso deixaria as coisas piores, bem piores.
— Qual é o problema... com a família dela?
— Ah, aquela coisa. Acho que ela é muito sensível e... não se dá bem com eles, em particular com a mãe. Nunca se deu. Eles... eles são uma família um tanto estranha em alguns aspectos, e ela cortou relações. Foi bom da parte dela, acho.

Evelyn disse, hesitante:
— Ela parece ter tido apagões, pelo que me falou, e fica assustada com as pessoas. Quase como uma mania de perseguição.
— Não diga isso! — falou Tim, irritado. — Mania de perseguição! As pessoas sempre alegam a mesma coisa. Só porque ela... Bem, talvez Molly esteja um pouco nervosa. Agora que viemos para as Índias Ocidentais. Todos esses rostos negros. Você sabe, as pessoas são um pouco esquisitas, às vezes, quanto às Índias Ocidentais e pessoas de cor.
— Mas não garotas como Molly, não é?
— Ah, como alguém sabe do que as pessoas têm medo? Tem gente que não consegue ficar em uma sala com gatos. E há outras que desmaiam se uma lagarta cai em cima delas.
— Detesto sugerir isso, mas você não acha que talvez ela devesse ver um... bem, um psiquiatra?
— *Não!* — falou Tim, explosivo. — Não vou deixar gente assim ao redor dela. Não acredito neles. Eles deixam as pessoas piores. Se a mãe dela tivesse deixado os psiquiatras para trás...

— Então *aconteceram* problemas desse tipo na família dela. Digo, um histórico de... — Ela escolheu a palavra com cuidado. — Instabilidade.

— Não quero falar sobre isso. Eu a afastei disso tudo, e ela estava bem, muito bem. Molly só está abalada. Mas essas coisas não são hereditárias. Todo mundo sabe disso hoje em dia. É uma ideia ultrapassada. Molly é perfeitamente sã. É que... Ah! Eu acho que foi a morte daquele velho major que despertou tudo.

— Compreendo — disse Evelyn, pensativa. — Mas não há nada para se preocupar com a morte do Major Palgrave. Ou há?

— Não, é claro que não. Mas é meio que um choque quando alguém morre de repente.

Ele pareceu tão desesperado e derrotado que o coração de Evelyn amoleceu. Ela pôs a mão sobre o braço dele.

— Bem, espero que saiba o que está fazendo, Tim. Se eu puder ajudar de algum modo... digo, se eu puder ir com Molly para Nova York... posso acompanhá-la para lá, ou para Miami, ou para qualquer lugar onde ela possa conseguir aconselhamento médico de primeira.

— É muito bondoso de sua parte, Evelyn, mas Molly está bem. Está superando.

Evelyn balançou a cabeça, em dúvida. Ela se virou devagar e olhou ao longo da linha do terraço. A maioria das pessoas já havia ido embora para seus bangalôs a essa altura. Evelyn estava caminhando na direção de sua mesa para ver se deixara alguma coisa para trás, quando escutou Tim soltar um grito. Ela o observou com severidade. Ele estava olhando na direção dos degraus no fim do terraço, e ela seguiu seu olhar. Então também ficou sem fôlego.

Molly estava subindo os degraus, vindo da praia. Estava sem fôlego, com soluços arfantes, seu corpo balançando para a frente e para trás, em um andar curiosamente perdido. Tim gritou.

— *Molly!* O que aconteceu?
Ele correu na direção dela, e Evelyn o seguiu. Molly tinha chegado no topo dos degraus e ficou ali, com as mãos atrás das costas. Ela disse, soluçando:

— Eu a encontrei... Está nos arbustos, lá nos arbustos... E olhe só minhas mãos, olhe minhas *mãos!* — Ela as ergueu, e Evelyn perdeu o fôlego quando viu as estranhas manchas escuras. Elas pareciam pretas à meia-luz, mas ela sabia muito bem que sua verdadeira cor era vermelha.

— O que aconteceu, Molly? — perguntou Tim.

— Lá embaixo — disse Molly. Ela cambaleou. — Nos arbustos...

Tim hesitou, olhando para Evelyn, então empurrou Molly um pouquinho na direção dela e desceu correndo a escada. Evelyn pôs o braço ao redor da garota.

— Vamos. Sente-se, Molly. Aqui. É melhor beber alguma coisa.

Molly desabou em uma cadeira e inclinou-se sobre a mesa, pondo a testa contra o antebraço. Evelyn não lhe fez mais perguntas. Achou que era melhor dar tempo para ela se recuperar.

— Vai ficar tudo bem, querida — disse Evelyn, gentil. — Vai ficar tudo bem.

— Não sei — falou Molly. — Não sei o que aconteceu. Não sei de nada. Não consigo lembrar. Eu... — Ela levantou a cabeça de súbito. — Qual é o problema comigo? Qual é o *problema* comigo?

— Está tudo bem, minha querida. Está tudo bem.

Tim vinha devagar. Seu rosto estava medonho. Evelyn olhou para ele, erguendo as sobrancelhas em questionamento.

— É uma de nossas garotas — disse. — Como se chama... Victoria. Alguém a esfaqueou.

Capítulo 14

Inquérito

Molly se deitou na cama. O Dr. Graham e o Dr. Robertson, o médico da polícia das Índias Ocidentais, ficaram de um lado, e Tim do outro. Robertson mantinha a mão no pulso de Molly. Ele assentiu para o homem esguio e moreno com uniforme da polícia ao pé da cama, o Inspetor Weston do Departamento de Investigação Criminal de St. Honoré.

— Um depoimento simples e nada mais — disse o médico.

O outro assentiu.

— Agora, Mrs. Kendal, nos diga como você encontrou essa garota.

Por um momento ou dois, foi como se a figura na cama não tivesse escutado. Então ela falou em uma voz fraca e distante.

— Nos arbustos, branco...

— Você percebeu algo branco e foi ver o que era? É isso?

— Sim... branco... caído ali... tentei... tentei levantar... ela... sangue, sangue por minhas mãos inteiras.

Molly começou a tremer.

O Dr. Graham balançou a cabeça para eles. Robertson suspirou:

— Ela não vai aguentar muito mais.

— O que estava fazendo na trilha para a praia, Mrs. Kendal?

— Morno... agradável... à beira-mar...

— A senhora sabia quem era a garota?

— Victoria... boa... boa garota... rir... ela costumava rir... ah! E agora não vai mais. Não vai rir nunca mais. Eu nunca vou esquecer, nunca vou esquecer... — Sua voz elevou-se histericamente.
— Molly... não — disse Tim.
— Calma, calma — falou o Dr. Robertson com uma autoridade tranquilizadora. — Apenas relaxe, relaxe. Agora, uma picadinha... — Ele retirou a agulha hipodérmica. — Ela não vai estar em condições de ser interrogada por ao menos 24 horas — disse ele. — Eu aviso vocês quando Mrs. Kendal estiver melhor.

O negro grande e bonito olhou de um dos homens sentados à mesa para o outro.
— Juro por Deus — disse ele. — Isso é tudo. Eu não sei de nada além do que contei para vocês.
O suor transparecia em sua testa. Daventry suspirou. O homem presidindo a mesa, o Inspetor Weston, fez um gesto, dispensando-o. Big Jim Ellis se arrastou para fora da sala.
— Não é tudo que ele sabe, é claro — afirmou Weston, com o sotaque suave da região. — Mas é tudo que conseguiremos dele.
— Você acha que ele é inocente? — perguntou Daventry.
— Sim. Eles pareciam estar em bons termos.
— Os dois não eram casados?
Um leve sorriso apareceu nos lábios do Inspetor Weston.
— Não — disse ele. — Não eram. Não temos muitos casamentos na ilha. Eles batizam os filhos, porém. Ele tem dois filhos com Victoria.
— Você acha que ele estava com ela no que quer que fosse?
— Provavelmente não. Acho que ele estava nervoso. E, em minha opinião, ela não sabia de muita coisa.
— Mas era o bastante para chantagem?
— Não sei se chamaria assim. Duvido que a garota fosse sequer entender a palavra. Pagamento por discrição não é

visto como chantagem. Veja bem, algumas das pessoas que ficam aqui são ricaços cuja moral não suportaria muita investigação. — A voz dele estava ligeiramente dura.

— Nós recebemos gente de todo tipo, concordo — disse Daventry. — Uma mulher, talvez, não quer que saibam por onde anda dormindo, então dá um presente para uma garota que espera por ela. Há um entendimento tácito de que o pagamento se dá por seu silêncio.

— Exatamente.

— Mas isso — disse Daventry, fazendo objeção — não foi *nada* parecido. Foi assassinato.

— Eu duvidaria, contudo, que a garota soubesse que era algo sério. Ela viu algo, algum incidente intrigante, que tivesse a ver com esse frasco de comprimidos. O frasco pertencia a Mr. Dyson, pelo que entendi. É melhor falarmos com ele agora.

Gregory entrou com seus habituais ares calorosos.

— Aqui estou. Em que posso ajudá-los? Muito triste, o caso dessa menina. Era uma boa garota. Nós dois gostávamos dela. Suponho que tenha sido alguma briga ou algo do tipo com um homem, mas ela parecia bastante feliz. Não havia sinal de que estivesse metida em problemas. Ontem à noite mesmo eu falei com ela.

— Creio que o senhor toma um preparado, Mr. Dyson, chamado Serenite?

— Isso. Comprimidinhos rosados.

— O senhor os toma sob prescrição médica?

— Sim. Posso mostrar a vocês se quiserem. Sofro um pouco de pressão alta, como muita gente hoje em dia.

— Poucas pessoas parecem estar cientes desse fato.

— Bem, não saio por aí tocando no assunto. Eu... Bem, eu sempre fui cheio de energia e nunca gostei de pessoas que ficam falando de suas doenças o tempo todo.

— Quantos comprimidos o senhor toma?

— Dois, três por dia.

— O senhor tem um estoque considerável consigo?
— Sim. Cerca de meia dúzia de frascos. Mas eles ficam fechados na mala. Só deixo um do lado de fora, o que está sendo usado.
— E o senhor perdeu esse frasco há pouco tempo, não?
— Isso mesmo.
— E o senhor perguntou a essa garota, Victoria Johnson, se ela o tinha visto em algum lugar?
— Perguntei.
— E o que ela disse?
— Disse que, da última vez que o havia visto, tinha sido na prateleira de nosso banheiro. Mas falou que daria uma olhada por aí.
— E depois?
— Veio e devolveu o frasco para mim após algum tempo. Perguntou se era o frasco que estava perdido.
— E o senhor respondeu...?
— Eu respondi: "Isso mesmo, tudo certo, onde você o encontrou?", e ela disse que estava no quarto do velho Major Palgrave. Eu falei: "Como diabos isso foi parar lá?"
— E o que ela respondeu quanto a isso?
— Ela disse que não sabia, mas... — Ele hesitou.
— Sim, Mr. Dyson?
— Bem, ela me deu a impressão de que sabia mais do que estava dizendo. Não dei muita atenção, no entanto. Afinal, não era tão importante. Como eu disse, tinha outros frascos guardados. Pensei que talvez tivesse deixado aquele no restaurante ou em algum lugar onde o velho Palgrave possa tê-lo pego por algum motivo. Talvez tenha colocado no bolso pensando em me devolver depois, e então esqueceu.
— E isso é tudo que o senhor sabe a respeito, Mr. Dyson?
— É tudo que sei. Peço desculpas se fui de pouca ajuda. Mas por que isso é importante?

Weston deu de ombros.
— No pé em que as coisas estão, tudo pode ser importante.

— Só não vejo onde os comprimidos entram nessa história. Pensei que o senhor quisesse saber por onde eu andava quando a garota foi esfaqueada. Escrevi tudo com o maior cuidado possível.

Weston o encarou, pensativo.

— Ah, é? Bem, isso é muito prestativo de sua parte, Mr. Dyson.

— Poupa trabalho para todos, pensei — disse Greg, empurrando um pedaço de papel por cima da mesa.

Weston o estudou, e Daventry puxou a cadeira um pouco mais para perto, olhando por cima do ombro.

— Isso me parece bem claro — disse Weston, após alguns instantes. — O senhor e sua esposa estavam juntos, trocando-se para o jantar em seu bangalô até as 20h50. Então foram para o terraço, onde tomaram drinques com a *señora* De Caspearo. Às 21h20, o Coronel e Mrs. Hillingdon se juntaram a vocês e todos foram jantar. Até onde o senhor consegue lembrar, foi para a cama por volta das 23h30.

— É claro — disse Greg —, que não sei a que horas exatamente a garota foi morta...

As palavras transmitiam uma leve impressão de questionamento. O Tenente Weston, contudo, não pareceu notar.

— Mrs. Kendal a encontrou, pelo que soube. Deve ter sido um choque horrível para ela.

— Sim. O Dr. Robertson precisou lhe dar sedativos.

— Isso foi bem tarde, não foi, quando a maioria das pessoas já tinha ido para a cama?

— Sim.

— E ela estava morta há muito tempo? Digo, quando Mrs. Kendal a encontrou?

— Ainda não sabemos ao certo o horário da morte — respondeu Weston, delicado.

— Pobre Molly. Deve ter sido um choque horrível. A propósito, não notei a presença *dela* ontem à noite. Pensei que estava com dor de cabeça ou algo assim e tivesse ido se deitar.

— Quando foi a última vez que o senhor de fato *viu* Mrs. Kendal?

— Ah, bem cedo, antes de ir me trocar. Ela estava mexendo em algumas das decorações de mesa e coisas assim. Rearranjando as facas.

— Compreendo.

— Estava bem feliz, na ocasião — informou Greg. — Brincalhona e tudo o mais. É uma mulher e tanto. Todos nós gostamos muito dela. Tim é um sujeito de sorte.

— Bem, obrigado, Mr. Dyson. O senhor não consegue se lembrar de mais nada além do que nos contou sobre o que a garota Victoria disse quando devolveu o frasco?

— Não. Foi como eu falei: ela me perguntou se eram os comprimidos que eu estivera procurando e disse que os encontrou no quarto do velho Palgrave.

— E ela não fazia ideia de quem os colocara lá?

— Acho que não. Não lembro.

— Obrigado, Mr. Dyson.

Gregory saiu.

— Muito bem pensado da parte dele — disse Weston, batendo gentilmente com a unha no papel. — Nunca vi ninguém tão ansioso para que soubéssemos com certeza onde exatamente estava ontem à noite.

— Um pouco ansioso demais, não acha? — indagou o outro.

— Difícil dizer. Existem pessoas, o senhor sabe, que são naturalmente nervosas quanto à própria segurança, quanto a serem envolvidas em qualquer coisa. Não é certo que tenham alguma informação incriminadora. Por outro lado, pode não ser só isso.

— E quanto à oportunidade? Ninguém tem algo como um álibi, não com a banda, a dança e tanta gente indo e vindo. As pessoas se levantam, saem de suas mesas, retornam. As mulheres vão retocar a maquiagem. Os homens vão dar uma volta. Dyson pode ter dado uma escapulida. Qualquer um pode ter dado uma escapulida. Mas ele parece ansioso para provar que *não* deu. — Olhou pensativo para o papel. — Então, Mrs. Kendal estava rearranjando as facas sobre a mesa. Eu me pergunto se ele mencionou isso de propósito.

— Pareceu assim para você?

O outro considerou.

— Acho possível.

Do lado de fora da sala onde havia dois homens sentados, um nariz se ergueu. Uma voz alta e estridente exigia entrar.

— Tenho algo para contar! Tenho algo para contar! Me leve para onde os cavalheiros estão. Me leve para onde eles estão.

Um policial uniformizado abriu a porta.

— É um dos cozinheiros — informou. — Quer ver os senhores. Diz que tem algo de que precisam saber.

Um homem negro e assustado com chapéu de cozinheiro o empurrou e entrou na sala. Era um dos assistentes de cozinha. Um cubano, não era nativo de St. Honoré.

— Vou contar uma coisa para os senhores. Vou contar. Ela veio pela minha cozinha, veio sim, e tinha uma faca. Uma faca, sim, senhores. Ela estava segurando uma faca. Veio pela cozinha e saiu pela porta. Saiu para o jardim. Eu vi.

— Acalme-se — disse Daventry —, acalme-se. De quem o senhor está falando?

— Vou contar de quem estou falando. Estou falando da esposa do patrão, Mrs. Kendal. Estou falando dela. Ela estava com uma faca e saiu no escuro. Antes do jantar, quero dizer... E *não voltou mais*.

Capítulo 15

O inquérito continua

— Podemos trocar uma palavrinha com você, Mr. Kendal?
— É claro. — Tim olhou de sua escrivaninha. Pôs alguns papéis de lado e indicou cadeiras. Seu rosto estava cansado e miserável. — Como estão indo? Conseguiram avançar? Parece haver uma maldição aqui. As pessoas estão querendo ir embora, perguntando sobre passagens aéreas. Justo quando tudo parecia que ia ser um sucesso. Ah, Deus, vocês não sabem o que este lugar significa para mim e para Molly. Nós apostamos tudo nesse hotel.
— Imagino que seja difícil — falou o Inspetor Weston. — Não pense que não compreendemos.
— Se tudo pudesse ser esclarecido logo — disse Tim. — Essa desgraçada da Victoria... Ah! Eu não deveria falar assim dela. Ela era boa. Mas... mas deve haver alguma razão bem simples, algum... tipo de intriga, ou envolvimento amoroso. Talvez o marido dela...
— Jim Ellis não era marido dela, e eles pareciam ser um casal estável.
— Se ao menos pudesse ser esclarecido *logo* — repetiu Tim. — Me desculpem. Vocês queriam conversar comigo sobre alguma coisa, perguntar alguma coisa.
— Sim. Era sobre ontem à noite. De acordo com as evidências médicas, Victoria foi morta em algum momento entre as 22h30 e a meia-noite. Sob essas circunstâncias, a maioria

dos álibis aqui não são fáceis de comprovar. As pessoas estão se movendo, dançando, caminhando para longe do terraço, voltando. É tudo muito difícil.

— Imagino. Mas isso significa que vocês consideram definitivamente que Victoria foi morta por um dos hóspedes?

— Bem, precisamos examinar essa possibilidade, Mr. Kendal. O que quero perguntar ao senhor é sobre a declaração feita por um de seus cozinheiros.

— Hã? Qual deles? O que foi dito?

— Ele é cubano, pelo que entendi.

— Temos dois cubanos e um porto-riquenho.

— Bem, esse tal Enrico afirma que sua esposa passou pela porta da cozinha quando vinha do salão de jantar e que saiu para o jardim levando uma faca.

Tim o encarou.

— Molly, carregando uma faca? Bem, por que não deveria? Digo, por quê... Vocês não acham... O que estão tentando sugerir?

— Estou falando da hora anterior à entrada das pessoas no salão de jantar. Seria algo em torno das 20h30. O senhor mesmo estava no salão de jantar conversando com o chefe dos garçons, Fernando, acredito.

— Sim. — Tim rememorou. — Sim, lembro.

— E sua esposa veio do terraço?

— Sim — concordou. — Ela sempre saía para supervisionar as mesas. Às vezes, os rapazes arrumam mal as coisas, esquecem algum talher, coisas assim. Muito provável que tenha sido isso. Ela podia estar rearranjando os talheres ou algo assim. Poderia estar segurando uma faca ou colher sobressalente, algo do tipo.

— E sua esposa veio do terraço para o salão de jantar. Ela falou com o senhor?

— Sim, trocamos uma ou duas palavras.

— O que ela disse? Consegue lembrar?

— Acho que perguntei com quem estava conversando. Eu escutei a voz dela lá fora.

— E com quem estava conversando?

— Gregory Dyson.

— Ah. Sim. Foi o que *ele* disse.

— O homem estava passando uma cantada nela, pelo que entendi — falou Tim. — Ele é meio dado a esse tipo de coisa. Aquilo me incomodou e eu o chamei de maldito. Molly riu e disse que ela podia dar conta de toda a situação. Minha mulher é uma garota muito esperta nesse sentido. Nem sempre é uma posição fácil, vocês sabem. A gente não pode ofender os hóspedes, e então um avião como Molly tem que deixar as coisas passarem com uma risada e um dar de ombros. Gregory Dyson tem dificuldade em manter as mãos longe de qualquer mulher bonita.

— Houve algum atrito entre eles?

— Não, creio que não. Acho que, como falei, ela só o dispensou rindo, como sempre.

— Você pode dizer com certeza se ela estava com uma faca nas mãos ou não?

— Não consigo lembrar. Tenho quase certeza de que não... De fato, tenho bastante certeza de que não.

— Mas o senhor acabou de...

— Veja, o que eu quis dizer foi que, se ela estava no salão de jantar ou na cozinha, é bem provável que pudesse ter pego uma faca ou estar com uma nas mãos. Por sinal, consigo lembrar muito bem, ela veio do salão de jantar e não tinha *nada* nas mãos. Nada. Isso é certo.

— Compreendo — disse Weston.

Tim o observou inquieto.

— O que raios é isso a que vocês estão se apegando? O que foi que o idiota do Enrico, Manuel ou quem quer que seja falou?

— Falou que sua esposa entrou na cozinha, que ela parecia incomodada e que segurava uma faca.

— Ele está sendo dramático.

— O senhor teve alguma outra conversa com sua esposa durante ou após o jantar?

— Não, acho que não. Inclusive, eu estava bastante ocupado.

— Sua esposa permaneceu no salão de jantar durante a refeição?

— Eu... Ah... Sim, nós sempre andamos por entre as mesas e coisas assim. Vendo como as coisas estão indo.

— O senhor chegou a falar com ela?

— Não, acho que não. Em geral, ficamos bastante ocupados. Nem sempre percebemos o que um ou outro está fazendo e certamente não temos tempo para conversar nesses momentos.

— Então o senhor não se lembra de falar com Mrs. Kendal antes de ela vir subindo os degraus três horas depois, após encontrar o corpo?

— Foi um choque horrível para ela. Perturbou Molly terrivelmente.

— Eu sei. Uma experiência bastante desagradável. Como ela foi parar na trilha da praia?

— Após o estresse de servir o jantar, ela costuma sair para dar uma volta. Vocês sabem, ficar um tempinho longe dos hóspedes, respirar um pouco.

— Quando ela voltou, entendo que o senhor estava conversando com Mrs. Hillingdon.

— Sim. Praticamente todo mundo já tinha ido dormir.

— Qual era o assunto de sua conversa com Mrs. Hillingdon?

— Nada em especial. Por quê? O que ela disse?

— Até agora nada. Não perguntamos a ela.

— Estávamos apenas falando de uma coisa ou outra. Sobre Molly, gerenciar o hotel e esses assuntos.

— E então... sua esposa veio subindo os degraus do terraço e lhe contou o que havia acontecido?

— Sim.

— Havia sangue nas mãos dela?

— É claro! Ela se curvou sobre a garota, tentou levantá-la, não conseguia entender o que havia acontecido, o que havia de errado. Então, sim, tinha sangue nas mãos dela! Olhe, o que raios estão sugerindo? Vocês *estão* sugerindo alguma coisa?

— Por favor, se acalme — pediu Daventry. — É tudo muito cansativo, eu sei, Tim, mas temos que esclarecer os fatos. Entendo que sua esposa não vinha se sentindo bem ultimamente?

— Bobagem, ela está ótima. A morte do Major Palgrave a perturbou um pouco. Ela é uma garota sensível.

— Precisaremos fazer algumas perguntas para Molly assim que ela estiver em condições — disse Weston.

— Bem, agora é impossível. O médico lhe deu um sedativo e disse que ela não deveria ser incomodada. Não vou deixar que a incomodem e a intimidem, entenderam?

— Nós não faremos nenhuma intimidação — avisou Weston. — Só precisamos esclarecer os fatos. Não vamos perturbá-la no momento, mas, assim que o médico permitir, teremos que vê-la. — Sua voz era gentil, mas inflexível.

Tim o encarou, abriu a boca, mas não disse nada.

Evelyn Hillingdon, calma e com a compostura habitual, sentou-se na cadeira indicada. Refletiu sobre as poucas questões que lhe foram feitas, levando seu próprio tempo para tanto. Seus olhos escuros e inteligentes observaram Weston, pensativos.

— Sim — disse ela. — Eu estava conversando com Mr. Kendal no terraço quando sua esposa subiu os degraus e nos contou sobre o assassinato.

— Seu marido não estava lá?

— Não, ele fora se deitar.

— A senhora tinha algum motivo em especial para conversar com Mr. Kendal?

Evelyn ergueu as sobrancelhas desenhadas com esmero a lápis. Era definitivamente uma repreenda.

Então, respondeu com frieza:

— Que pergunta mais estranha. Não, não havia nada de especial em nossa conversa.

— Vocês discutiram a questão da saúde da esposa dele?

Outra vez, Evelyn refletiu sem a menor pressa.

— Não consigo mesmo lembrar.

— Tem certeza?

— Certeza de que não lembro? Que modo curioso de colocar. A gente fala de muitas coisas em momentos diferentes.

— Entendo que Mrs. Kendal não estava bem de saúde ultimamente.

— Ela me parecia saudável. Um pouco cansada, talvez. É claro que gerenciar um lugar como este significa um bocado de preocupações, e ela é bastante inexperiente. Naturalmente, fica assoberbada de vez em quando.

— Assoberbada. — Weston repetiu a palavra. — É assim que descreveria?

— É uma palavra antiquada, talvez, mas tão boa quanto o jargão moderno que usamos para tudo. Uma "virose" para um ataque de náusea. Uma "ansiedade neurótica" para os pequenos incômodos da vida cotidiana.

Seu sorriso fez Weston sentir-se um pouco ridículo. Ele pensou consigo mesmo que Evelyn Hillingdon era uma mulher esperta. Olhou para Daventry, cuja face permanecia imóvel e perguntou-se o que estaria pensando.

— Obrigado, Mrs. Hillingdon — disse Weston.

— Nós não queremos incomodá-la, Mrs. Kendal, mas precisamos de seu relato de como a senhora encontrou a garota. O Dr. Graham diz que está suficientemente recuperada para falar sobre isso agora.

— Ah, sim — disse Molly. — Estou mesmo muito bem. — Ela lhes deu um sorrisinho nervoso. — Foi só o choque... Foi mesmo *horrível*, vocês sabem.

— Sim, de fato deve ter sido. Entendo que a senhora saiu para uma caminhada após o jantar.
— Sim, é o que costumo fazer.
Os olhos dela estavam agitados, Daventry notou, e os dedos da mão se retorciam um sobre o outro.
— A que horas teria sido isso, Mrs. Kendal? — perguntou Weston.
— Bem, realmente não sei. A gente não se prende muito a horários por aqui.
— A banda ainda estava tocando?
— Sim. A menos... Eu acho que sim. Não lembro.
— E a senhora caminhou... para que lado?
— Ah, ao longo da trilha da praia.
— Para a esquerda ou para a direita?
— Ah! Primeiro para um lado, depois para o outro... Eu... eu... não percebi mesmo.
— Por que não percebeu, Mrs. Kendal?
Ela franziu a testa.
— Suponho que eu estava... bem, com a mente ocupada.
— Algo em particular?
— Não, não, nada. Apenas coisas que precisavam ser feitas... vistas... no hotel. — De novo o torcer e retorcer dos dedos. — E então, percebi algo branco... entre as moitas de hibiscos... e me perguntei o que seria. Aí parei e... e puxei.
— Ela engoliu em seco. — E era ela, Victoria... toda encolhida... e tentei levantar a cabeça dela e fiquei... com sangue... nas mãos.

Ela olhou para eles e repetiu pensativa, como se lembrasse de algo impossível:
— Sangue... em minhas mãos.
— Sim, sim, uma experiência horrível. Não há necessidade de a senhora nos contar mais a esse respeito. Por quanto tempo esteve andando quando a encontrou?
— Não sei... Não faço ideia.
— Uma hora? Meia hora? Ou mais de uma hora...

— Não sei — repetiu Molly.

Daventry perguntou com a voz calma e cotidiana:

— A senhora levou uma faca consigo em sua... caminhada?

— Uma faca? — Molly pareceu surpresa. — Por que eu levaria uma faca?

— Estou perguntando porque um funcionário da cozinha mencionou que a senhora tinha uma faca nas mãos quando saiu da cozinha para o jardim.

Molly franziu a testa.

— Mas eu não saí pela cozinha... Ah, você quer dizer mais cedo, antes do jantar. Eu... eu não *creio* que...

— A senhora estava arrumando os talheres nas mesas, talvez.

— Eu faço isso, às vezes. Eles colocam as coisas nos lugares errados, ficam faltando facas... ou sobrando. O número errado de garfos e colheres, esse tipo de coisa.

— Então a senhora pode ter saído da cozinha naquela noite carregando uma faca na mão?

— Não acho que saí... Tenho certeza de que não — falou. — Tim estava lá, ele saberia. Pergunte a ele.

— A senhora gostava dessa garota, Victoria... Ela era boa no trabalho? — perguntou Weston.

— Sim, era uma garota muito boa.

— Não teve nenhum desentendimento com ela?

— Desentendimento? Não.

— Ela nunca ameaçou a senhora... de algum modo?

— Ameaçar? Como assim?

— Não importa. A senhora não faz ideia de quem possa tê-la matado? Nenhuma ideia?

— Nenhuma — afirmou Molly.

— Bem, obrigado, Mrs. Kendal. — Ele sorriu. — Não foi tão ruim, foi?

— Isso é tudo?

— Por enquanto.

Daventry se levantou, abriu a porta para ela, e a observou sair.

— Tim saberia — citou ele ao retornar para a cadeira. — E Tim diz que ela definitivamente *não* tinha uma faca.

Weston falou com gravidade:

— Acho que qualquer marido se sentiria forçado a dizer isso.

— Uma faca de mesa me parece um tipo muito ruim de lâmina a se usar para assassinato.

— Mas era uma faca de *carne*, Mr. Daventry. Filé foi servido naquela noite. Facas de carne são mantidas afiadas.

— Eu realmente não consigo acreditar que aquela garota com que estávamos falando agora mesmo é uma assassina pega em flagrante, Weston.

— Não é necessário acreditar. Pode ser que Mrs. Kendal tenha saído para o jardim antes do jantar, levando uma faca sobressalente que havia tirado de uma das mesas. Talvez nem tenha notado que a segurava e a tenha largado em algum lugar. Ou deixado cair. Pode ter sido encontrada e usada por outra pessoa. Também não acho que ela seja uma assassina.

— Mesmo assim — disse Daventry, pensativo —, tenho bastante certeza de que ela não está contando tudo que sabe. Sua imprecisão quanto à hora é estranha. Onde ela estava? O que fazia lá fora? Ninguém, até agora, parece ter notado a presença dela no salão de jantar naquela noite.

— O marido estava lá como sempre, mas não a esposa...

— Você acha que ela saiu para encontrar alguém... Victoria Johnson?

— Talvez. Ou talvez ela tenha visto quem quer que tenha ido encontrar Victoria.

— Está pensando em Gregory Dyson?

— Sabemos que ele andou conversando com Victoria antes. Ele pode ter dado um jeito de encontrá-la depois. Todo mundo andava livremente pelo terraço, dançando, bebendo, entrando e saindo do bar.

— Não há álibi melhor do que uma banda — falou Daventry, irônico.

Capítulo 16

Miss Marple busca auxílio

Se alguém estivesse ali para observar a senhora idosa de aparência gentil que ficou parada pensativa na varanda de seu bangalô, teria achado que ela não tinha nada mais em mente do que deliberações sobre como organizar seu tempo naquele dia — um passeio, talvez, ao Castelo Cliff, uma visita a Jamestown, um agradável almoço em Pelican Point ou apenas uma calma manhã na praia.

Porém, a gentil senhora estava deliberando assuntos bem diferentes. Seu estado de espírito era militante.

"Algo precisa ser feito", pensou Miss Marple.

Além disso, ela estava convencida de que não havia tempo a perder.

Mas quem havia ali que ela pudesse convencer? Com tempo, pensou, poderia encontrar a verdade sozinha.

Já havia descoberto boa parte dela. Mas não o suficiente, nem perto disso. E o tempo era curto.

Amarga, concluiu que naquele arquipélago paradisíaco, não tinha nenhum de seus aliados habituais.

Pensou nos amigos na Inglaterra com tristeza: Sir Henry Clithering, sempre disposto a escutar com condescendência; seu afilhado Dermot, que apesar de sua crescente forma na Scotland Yard ainda estava disposto a acreditar quando Miss Marple manifestava uma opinião de que, em geral, havia algo mais por trás do caso.

Será que aquele oficial de polícia nativo de voz suave daria alguma atenção à urgência de uma velha senhora? Ou o Dr. Graham? Mas o Dr. Graham não era o que ela precisava... Muito gentil e hesitante, com certeza não era um homem de decisões ágeis e ações rápidas. Miss Marple, sentindo-se um tanto como uma humilde serva do Senhor, quase gritou suas necessidades em palavras bíblicas.

Quem irá por mim?
Quem hei de enviar?

O som recebido por seus ouvidos um instante depois não fora reconhecido de imediato por ela como uma resposta às suas preces, longe disso. No fundo de sua mente, registrou apenas como um homem possivelmente chamando seu cão.

— Ei!

Miss Marple, perdida em perplexidade, não deu atenção.

— Ei! — O volume aumentou, e Miss Marple olhou vagamente ao redor. — Ei! — chamou Mr. Rafiel, impaciente. Ele acrescentou: — Você...

Miss Marple não havia se dado conta a princípio de que o "E!" de Mr. Rafiel era dirigido a ela. Não era um método que alguém jamais tivesse usado antes para chamá-la. Certamente não era o jeito de um cavalheiro se dirigir. Miss Marple não se ressentiu, porque as pessoas quase nunca se ressentem do método um tanto arbitrário de Mr. Rafiel fazer as coisas. Ele tinha as próprias regras, e as pessoas, em geral, as aceitavam. Miss Marple olhou ao longo do espaço separando seu bangalô e o dele. Mr. Rafiel estava sentado do lado de fora da varanda e acenou para ela.

— O senhor está me chamando? — perguntou.

— É claro que estou lhe chamando — disse Mr. Rafiel. — Quem pensou que eu estivesse chamando, um gato? Venha cá.

Miss Marple procurou sua bolsa, pegou-a e cruzou o espaço entre eles.

— Não posso ir até você a não ser que alguém me ajude — explicou Mr. Rafiel. — Então você tem que vir até mim.

— Ah, sim — disse Miss Marple. — *Isso* eu entendi bem.

Mr. Rafiel apontou para uma cadeira ao lado.

— Sente-se. Preciso falar com você. Alguma coisa muito esquisita está acontecendo nesta ilha.

— Realmente — concordou Miss Marple, sentando-se na cadeira indicada. Pôr puro hábito, buscou seu tricô na bolsa.

— Não comece a tricotar de novo — disse Mr. Rafiel. — Não suporto isso. Odeio mulher tricotando. Fico irritado.

Miss Marple pôs o tricô de volta na bolsa. Fez isso sem nenhum ar indevido de subserviência, mas com os ares de quem faz concessões para um paciente nervoso.

— Há um bocado de rumores correndo — disse Mr. Rafiel —, e aposto que você está à frente disso. Você, o pastor e a irmã dele.

— Talvez seja natural que haja rumores — disse Miss Marple, espirituosa —, dadas as circunstâncias.

— A garota da ilha que foi esfaqueada. Encontrada nos arbustos. *Pode* ser suficientemente comum. O sujeito com quem ela vivia pode ter ficado com ciúmes de outro homem, ou ele próprio conseguiu outra garota e ela ficou com ciúmes e os dois tiveram uma briga. Sexo nos Trópicos. Esse tipo de coisa. O que acha?

— Acho que não — respondeu Miss Marple, balançando a cabeça.

— As autoridades também não pensam isso.

— Eles dirão mais ao senhor — apontou Miss Marple — do que a mim.

— De qualquer forma, aposto que sabe mais a respeito do que eu. Você escutou o disse me disse.

— Com certeza — confirmou Miss Marple.

— Não tem mais nada para fazer, não é, além de escutar as fofocas?

— Costuma ser informativo e útil.

— Sabe — disse Mr. Rafiel, estudando-a com atenção —, cometi um erro quanto a você. Não costumo me enganar com as pessoas, mas há bem mais em você do que pensei a princípio. Todos esses rumores sobre o Major Palgrave e as histórias que ele contou. Acha que o apagaram, não?

— Temo que sim — respondeu Miss Marple.

— Bem, ele foi — falou Mr. Rafiel.

Miss Marple respirou fundo.

— Tem certeza? — perguntou ela.

— Ah, certeza suficiente. Escutei de Daventry. Não estou quebrando nenhum voto de confiança porque os fatos da autópsia terão que vir a público. Você contou algo a Graham e ele foi até Daventry, que foi até o administrador do Departamento de Investigação Criminal. Eles concordaram que a coisa cheirava mal, então desenterraram o velho Palgrave e deram uma olhada.

— E descobriram...? — questionou Miss Marple.

— Descobriram que ele tinha uma dose letal de algo que apenas um médico poderia pronunciar corretamente. Até onde lembro, soava como diflor, etilcarbenzol hexagonal. Não é o nome certo. Mas é mais ou menos assim. O médico da polícia colocou nesses termos para que ninguém conseguisse saber, suponho, o que era *de verdade*. A coisa provavelmente tem um nome bem simples como Evipan, Veronal, Xarope de Easton ou algo desse tipo. Esse é o nome oficial para impressionar o pessoal da lei. Enfim, uma dose considerável da coisa, eu imagino, resultaria em morte, e os sinais seriam muito parecidos com os da pressão alta agravada por consumo exagerado de álcool em uma noite alegre. De fato, tudo pareceu perfeitamente normal e ninguém questionou nada por um momento. Apenas disseram "pobre velhinho" e o enterraram. Agora se perguntam se ele alguma vez teve pressão alta. O major lhe disse isso alguma vez?

— Não.

— Exatamente! E, ainda assim, todo mundo parece tomar isso como verdade.

— Ao que parece, ele disse para outras pessoas que tinha.

— É como ver fantasmas — disse Mr. Rafiel. — Você nunca conhece o camarada que viu ele próprio o fantasma. É sempre o primo em segundo grau da tia, ou um amigo, ou o amigo de um amigo. Mas deixe estar por um momento. Pensaram que ele tinha pressão alta porque um frasco de comprimidos para isso fora encontrado em seu quarto, mas, e agora chegamos ao ponto, entendo que a garota que foi assassinada dizia que o frasco foi colocado ali por outra pessoa, e que, na *realidade,* ele pertencia àquele sujeito, Greg.

— Mr. Dyson tem mesmo pressão alta. A esposa dele mencionou isso — falou Miss Marple.

— Então foi colocado no quarto de Palgrave para sugerir que ele sofria de pressão alta e para fazer sua morte parecer natural.

— Sim — concordou Miss Marple. — E, de maneira muito esperta, espalhou-se a história de que ele costumava mencionar para as pessoas que tinha pressão alta. Mas o senhor sabe, é fácil espalhar uma história. Fácil demais. Já vi muito disso em minha época.

— Aposto que sim — disse Mr. Rafiel.

— Basta um sussurro aqui e ali — falou Miss Marple. — Você não diz que é algo que saiba com certeza, apenas que Fulana lhe contou que Beltrano lhe contou. É sempre de segunda, terceira ou quarta mão, e é difícil descobrir quem é o fofoqueiro original. Ah, sim, é bem viável. E as pessoas para as quais você conta seguem adiante repetindo para outras como se soubessem de conhecimento próprio.

— Alguém foi esperto — comentou Mr. Rafiel, pensativo.

— Sim — disse Miss Marple. — Acho que alguém foi bastante esperto.

— Essa garota viu alguma coisa ou sabia de alguma coisa e tentou chantagear alguém — especulou Mr. Rafiel.

— Ela talvez não tenha pensado como chantagem — disse Miss Marple. — Nesses hotéis grandes, não raro há coisas que as camareiras sabem que algumas pessoas vão preferir manter em segredo. E então as pessoas entregam grandes gorjetas ou um presentinho em dinheiro. Possivelmente a garota nem se deu conta no início da importância do que sabia.

— Mesmo assim, ela levou uma facada bem nas costas — falou Mr. Rafiel, brutal.

— Sim. Evidentemente, alguém não podia deixar que ela falasse.

— Então? Vamos ouvir o que acha a respeito.

Miss Marple o encarou, pensativa.

— O que o faz pensar que sei algo mais do que o senhor, Mr. Rafiel?

— Provavelmente não sabe, mas estou interessado em escutar ideias sobre o que você sabe.

— Por quê?

— Não tem muita coisa a se fazer por aqui — explicou Mrs. Rafiel —, exceto dinheiro.

Miss Marple pareceu um pouco surpresa.

— Fazer dinheiro? Aqui?

— Você pode enviar meia dúzia de telegramas todo dia se quiser — disse Mr. Rafiel. — É como me entretenho.

— Ofertas de aquisição? — perguntou Miss Marple insegura, no tom de quem fala uma língua estrangeira.

— Esse tipo de coisa — concordou Mr. Rafiel. — Apostando sua esperteza contra a esperteza dos outros. O problema é que não ocupa tanto tempo, então fiquei interessado nesse assunto. Atiçou minha curiosidade. Palgrave gastou um bo-

cado de tempo falando com você. Ninguém mais tinha paciência com ele, imagino. O que o homem disse?
— Ele me contou diversas histórias — disse Miss Marple.
— Sei que sim. Chatíssimas, a maioria. E não basta escutá-las apenas uma vez. Se chegar em qualquer lugar ao alcance, vai escutá-las três ou quatro vezes.
— Eu sei — falou Miss Marple. — Receio que isso aconteça quando os cavalheiros envelhecem.
Mr. Rafiel olhou para ela de modo bastante aguçado.
— Eu não conto histórias — retrucou. — Continue. Começou com uma das histórias de Palgrave, não foi?
— Ele disse que conhecia um assassino — contou Miss Marple. — Não tem nada de especial nisso, porque imagino que quase todo mundo conheça um.
— Não entendi.
— Não estou falando de modo específico, mas com certeza, Mr. Rafiel, se vasculhar as lembranças dos muitos eventos de sua vida, quase sempre há uma ocasião em que alguém fez algum comentário descuidado como "Ah, sim, conhecia Fulano, ele morreu de repente e sempre disseram que foi a mulher dele, mas acho que são apenas fofocas". O senhor já escutou pessoas comentando isso, não?
— Bem, suponho... Sim, algo do tipo. Mas não... Bem, não a sério.
— Exatamente — disse Miss Marple. — Mas o Major Palgrave era um homem sério. Acho que ele gostava de contar essa história. Ele disse que tinha uma foto do assassino. Estava para me mostrar, mas, na verdade, não o fez.
— Por quê?
— Porque viu algo — respondeu Miss Marple. — Viu alguém, eu suspeito. Seu rosto ficou muito vermelho, então guardou de volta a foto na carteira e mudou de assunto.
— Quem ele viu?
— Pensei bastante nisso. Eu estava sentada do lado de meu bangalô, ele, de frente para mim. Seja lá o que tenha visto, foi por cima de meu ombro direito.

— Alguém vindo pela trilha por trás de você pela direita, a trilha que vem do penhasco e do estacionamento...
— Sim.
— *Havia* alguém vindo pela trilha?
— Mr. e Mrs. Dyson, o Coronel e Mrs. Hillingdon.
— Mais alguém?
— Não que eu tenha descoberto. Mas é claro que seu bangalô também estava na linha de visão...
— Ah. Então podemos incluir, digamos, Esther Walters e Jackson. É isso? Qualquer um deles, suponho, *pode* ter saído do bangalô e voltado para dentro sem que você os tenha visto.
— Podem — respondeu Miss Marple. — Não virei a cabeça de imediato.
— Os Dyson, os Hillingdon, Esther, Jackson. Um deles é o assassino. Ou, é claro, eu mesmo — acrescentou, após pensar a respeito.

Miss Marple sorriu de leve.

— E ele falou sobre o assassino ser um *homem*?
— Sim.
— Certo. Isso exclui Evelyn Hillingdon, Lucky e Esther Walters. Então, seu assassino, se aceitarmos que todo esse absurdo desvairado seja verdade, é Dyson, Hillingdon ou o malandro do Jackson.
— É claro — falou Miss Marple.

Mr. Rafiel ignorou esse último ponto.

— Não diga coisas para me irritar. A primeira questão que me salta aos olhos, e que não parece ter ocorrido à senhora, é: se for um desses três, por que diabo o velho Palgrave não o reconheceu antes? Malditos sejam, esses sujeitos têm estado todos sentados ao redor uns dos outros se encontrando pelas últimas duas semanas. Isso não parece fazer sentido.

— Eu acho que faz — disse Miss Marple.
— Então me diga como.

— Na história do Major Palgrave, *ele próprio* não havia visto esse homem ainda. Era uma história que lhe fora contada por um médico. O médico lhe deu a foto como um *souvenir*. O major pode ter olhado para a foto bem de perto na ocasião, mas, depois disso, apenas a guardou na carteira e a manteve ali. Ocasionalmente, talvez, possa tê-la tirado e mostrado à pessoa para a qual estivesse contando a história. E outra coisa, Mr. Rafiel, não sabemos há quanto tempo isso aconteceu. Ele não me deu nenhuma indicação disso enquanto contava a história. Digo, essa pode ter sido uma história que ele vinha relatando por *anos*. Cinco, dez anos, talvez mais. Algumas daquelas histórias de tigres eram de vinte anos atrás.

— Eram mesmo! — confirmou Mr. Rafiel.

— Então não suponho nem por um instante que o Major Palgrave reconheceria o rosto na fotografia se passasse pelo homem sem prestar atenção. O que acho que aconteceu, o que tenho quase certeza de que *deve* ter acontecido, é que, enquanto contava a história, ele procurou pela fotografia, pegou-a, olhou para baixo estudando o rosto e então olhou para cima e viu o *mesmo rosto*, ou algum com forte semelhança, vindo na direção dele a uma distância de cerca de três ou quatro metros.

— Sim — disse Mr. Rafiel, pensativo. — Sim, é possível.

— Ele ficou surpreso — falou Miss Marple —, guardou a fotografia de volta na carteira e começou a tagarelar alto sobre outro assunto.

— Ele não tinha como ter certeza — observou Mr. Rafiel, perspicaz.

— Não — disse Miss Marple —, ele não tinha como ter certeza. Mas é claro que, depois, teria analisado a fotografia com cuidado, teria dado uma olhada no homem e tentado decidir se era somente uma semelhança ou se poderia de fato ser a mesma pessoa.

Mr. Rafiel refletiu por um momento, então balançou a cabeça.

— Tem algo errado. O motivo é inadequado. Absolutamente inadequado. Ele estava falando em voz alta com você, não estava?

— Sim — disse Miss Marple —, bem alto. Ele sempre falava.

— Verdade, ele gritava. Então, quem quer que estivesse se aproximando teria escutado o que ele dizia, não?

— Posso imaginar que sim.

Mr. Rafiel balançou a cabeça outra vez.

— É fantasioso, muito fantasioso. Qualquer um riria de uma história assim. Aqui está um velho bobo contando um causo sobre outro causo que alguém lhe contou, e mostrando uma foto, e tudo girando ao redor de um assassinato que teria acontecido anos atrás! Ou, sob qualquer hipótese, há um ou dois anos. Como raios *isso* pode preocupar o homem em questão? Não há prova, apenas rumores. Ele poderia até admitir uma semelhança, poderia dizer: "Sim, *pareço* um pouco com esse camarada, não é?" Ninguém levaria a identificação do velho Palgrave a sério. Não me diga que sim, pois não vou acreditar. Não, o sujeito, se é que *foi* um sujeito, não tinha nada a temer... nada mesmo. É o tipo de acusação da qual conseguiria se livrar rindo. Por que se daria ao trabalho de assassinar o velho Palgrave? É desnecessário. Você deve perceber isso.

— Ah, sim, percebo — afirmou Miss Marple. — Não poderia concordar mais com o senhor. É isso que me deixa inquieta. Tão inquieta que não consegui dormir na noite passada.

Mr. Rafiel a encarou.

— Vamos escutar o que tem em mente — disse ele, baixinho.

— Posso estar totalmente errada — falou Miss Marple, hesitante.

— Provavelmente, está — retrucou Mr. Rafiel, com sua habitual falta de educação. — Mas, de qualquer modo, vamos ouvir o que andou pensando na madrugada.

— Poderia haver um motivo muito forte se...

— Se o quê?

— Se estivesse prestes a ocorrer, muito em breve, *outro assassinato*.

Mr. Rafiel a encarou. Tentou chegar mais para a beirada da cadeira.

— Vamos esclarecer isso — disse ele.

— Sou muito ruim com explicações — falou Miss Marple depressa e de modo um tanto incoerente. Um ardor rosado subiu às suas bochechas. — Vamos supor que haja um assassinato planejado. Se o senhor lembrar, a história que o Major Palgrave me contou dizia respeito a um homem cuja esposa morrera em circunstâncias suspeitas. Então, após um certo espaço de tempo, houve outro assassinato sob circunstâncias idênticas. Um homem de nome diferente tinha uma esposa que morrera do mesmo modo, e o médico que estava contando a história o reconhecera como o mesmo sujeito, ainda que tenha trocado de nome. Bem, isso faz parecer que esse assassino pode ser o tipo de indivíduo que faz da coisa um hábito, não é?

— Você quer dizer como Smith e as Noivas na Banheira? Sim.

— Até onde consigo entender — disse Miss Marple —, e pelo que li e ouvi, um homem que faz um ato perverso desses e se safa na primeira vez fica, veja só, *encorajado*. Ele pensa ser fácil, pensa que é esperto. E então repete o crime. E, no final, como o senhor diz, como Smith e as Noivas na Banheira, aquilo se torna um hábito. Cada vez em um lugar diferente e cada vez com um nome diferente. Mas os homicídios em si são todos muito parecidos. Então me parece, ainda que eu possa estar errada...

— Mas você não acha que está errada, acha? — Mr. Rafiel expôs, perspicaz.

Miss Marple continuou sem responder:

— ... que se for assim e se essa... essa pessoa tinha as coisas todas organizadas para cometer um assassinato aqui, para se livrar de outra esposa, por exemplo, e se esse for o terceiro ou quarto crime, bem, então a história do major *poderia* importar, porque o assassino não pode correr o risco de ter nenhuma semelhança apontada. Se o senhor lembra, foi exatamente desse modo que Smith foi capturado. As circunstâncias de um crime chamam a atenção de alguém que o compara com um recorte de jornal sobre outro caso. Então o senhor vê, não é, que se esse indivíduo perverso tem um crime planejado, arranjado e prestes a ser executado, ele não pode se permitir deixar que o Major Palgrave saia por aí contando a história e mostrando a fotografia.

Ela parou e lançou um olhar suplicante para Mr. Rafiel.

— Então, veja bem, o homem precisava fazer algo, o mais depressa possível.

— De fato, naquela mesma noite — falou Mr. Rafiel.

— Sim — concordou Miss Marple.

— Trabalho rápido — disse Mr. Rafiel —, mas pode ser feito. Colocar os comprimidos no quarto do velho Palgrave, espalhar o rumor da pressão alta e botar um pouquinho da droga de quatro sílabas em um ponche de Planter. É isso?

— Sim. Mas isso já está encerrado... Não precisamos nos preocupar a respeito. A questão é o *futuro*. É o agora. Com o Major Palgrave fora do caminho e a fotografia destruída, *esse homem vai seguir com o assassinato como planejado.*

Mr. Rafiel assoviou.

— Você desmontou a coisa toda, hein?

Miss Marple assentiu. Ela falou com um tom incomum, firme e quase ditatorial:

— E temos que impedi-lo. *O senhor* tem que impedir esse homem, Mr. Rafiel.

— Eu? — perguntou o idoso, assombrado. — Por que eu?

— Porque o senhor é rico e importante — disse Miss Marple. — As pessoas tomam nota do que o senhor diz ou sugere. Elas não vão me dar ouvidos nem por um segundo. Vão dizer que sou uma velhota imaginando coisas.

— Talvez sim — disse Mr. Rafiel. — Serão mais idiotas ainda se fizerem isso. Devo dizer, porém, que ninguém pensaria que você tem algum cérebro nessa sua cabeça, a julgar pelo que escutamos de suas conversas habituais. Na realidade, sua mente é lógica. Pouquíssimas mulheres são assim.
— Ele mudou sua posição na cadeira, com desconforto. — Onde diabos estão Esther ou Jackson? — perguntou. — Preciso mudar de posição. Não, não adianta você fazer isso. Não é forte o bastante. Não sei o que eles querem, me deixando assim sozinho.

— Vou sair e procurá-los.

— Não. Você vai ficar aqui e vasculhar isso tudo. Qual deles é? O distinto Greg? O quieto Edward Hillingdon? Ou meu camarada Jackson? Tem que ser um dos três, não tem?

Capítulo 17

Mr. Rafiel assume o comando

— Não sei — disse Miss Marple.
—Como assim? Do que estivemos falando pelos últimos vinte minutos?
— Ocorreu-me que possa estar enganada.
Mr. Rafiel a encarou.
— Avoada, no fim das contas — disse ele, enojado. — E parecia tão segura de si.
— Ah, eu estou segura... quanto ao assassinato. É sobre o assassino que não tenho certeza. Veja bem, descobri que o Major Palgrave tinha mais de uma história envolvendo homicídios. O senhor mesmo me disse que ele lhe contou sobre uma espécie de Lucrécia Bórgia...
— E foi mesmo... Mas era uma história bem diferente.
— Eu sei. E Mrs. Walters disse que ele tinha uma sobre alguém sendo morto no fogão a gás...
— Só que a história que ele lhe contou...
Miss Marple permitiu-se interrompê-lo — uma coisa que não acontecia com frequência a Mr. Rafiel.
Ela falou com franqueza desesperada e incoerência apenas moderada.
— O senhor não percebe... é muito difícil ter *certeza*. A questão toda é que as pessoas não *escutam*. Pergunte a Mrs. Walters, ela dirá a mesma coisa, a gente começa a escutar,

e, então, nossa atenção se esvai, nossa mente vaga, e, de repente, você percebe que perdeu grande parte do discurso. Eu só me pergunto se é possível que tenha havido um espaço, um bem pequeno, entre o momento em que ele estava tirando a carteira e perguntando: "Gostaria de ver a foto de um assassino?"

— Você pensou que fosse a foto do homem de quem ele estava falando?

— Foi o que pensei a princípio. Nunca me ocorreu que não pudesse ser. Mas agora... Como posso ter certeza?

Mr. Rafiel olhou para ela, pensativo.

— O problema é que — disse ele — você é muito consciensiosa. Grande erro. Decida-se logo e não hesite. Não hesitou para começar isso. Se me perguntar, em todos esses bate-papos que teve com a irmã do cônego e o resto deles, você pescou alguma coisa que a deixou perturbada.

— Talvez tenha razão.

— Bem, vamos colocar isso de lado por enquanto. Seguiremos com o que você tem, para começar. Porque, nove entre cada dez vezes, o primeiro julgamento da pessoa se mostra correto. Vamos dar uma boa olhada neles. Alguma preferência?

— Não — disse Miss Marple. — Todos os três parecem muito improváveis.

— Bem, analisemos Greg primeiro — sugeriu Mr. Rafiel. — Não suporto o sujeito. Não faz dele um assassino, contudo. Ainda assim, *há* uma ou duas coisas contra ele. Aqueles comprimidos para pressão alta eram dele. Bem à mão para usá-los.

— Isso seria um pouquinho óbvio, não? — objetou Miss Marple.

— Não sei — disse Mr. Rafiel. — Afinal, o principal era agir *depressa*, e ele tinha os comprimidos. Não teve muito tempo de procurar por comprimidos que outros pudessem ter. Digamos que seja Greg. Tudo bem. *Se* ele quisesse colocar sua querida esposa Lucky fora do caminho... Uma boa ideia também, digo. De fato, até simpatizo com ele. Mas realmente não consigo ver sua motivação. Até onde sabemos, ele é rico. Herdou dinheiro da primeira esposa, que o tinha aos montes. Com isso ele com certeza se qualifica como um possível assassino de esposas. Porém, isso acabou e está encerrado. Ele se livrou dessa acusação. Mas Lucky era a parente pobre da primeira esposa. Nenhum dinheiro ali, então se ele quer *colocá-la* fora do caminho, seria para se casar com outra. Algum rumor a respeito disso?

Miss Marple balançou a cabeça.

— Não que eu tenha escutado. Ele... tem modos muito galantes com *todas* as damas.

— Bem, essa é uma bela forma de colocar — disse Mr. Rafiel. — Tudo bem, o sujeito é um galinha. Dá cantadas. Mas isso não é o bastante! Precisamos de mais. Passemos para Edward Hillingdon. Agora, se alguma vez houve um azarão, foi ele.

— Ele não é, creio eu, um homem feliz — propôs Miss Marple.

Mr. Rafiel olhou para ela pensativo.

— Você acha que um assassino deve ser feliz?

Miss Marple tossiu.

— Bem, por minha experiência, eles, em geral, são.

— Não imagino que sua experiência seja muito grande — comentou Mr. Rafiel.

Nessa suposição, como Miss Marple poderia ter lhe dito, ele estava errado. Mas ela evitou contestar a declaração. Cavalheiros, Miss Marple sabia, não gostam de ser corrigidos.

— Eu mesmo especulo quanto a Hillingdon — disse Mr. Rafiel. — Tenho a impressão de que há algo um pouco estranho ocorrendo entre ele e a esposa. Notou alguma coisa?

— Ah, sim — afirmou Miss Marple. — Notei. O comportamento deles é perfeito em público, claro, mas isso é de se esperar.

— Você provavelmente sabe mais desse tipo de gente do que eu — comentou Mr. Rafiel. — Muito bem, então, tudo é levado com perfeito bom gosto, mas a probabilidade é de que, de um modo cavalheiresco, Edward Hillingdon esteja contemplando se livrar de Evelyn. Você concorda?

— Se for assim — disse Miss Marple —, deve haver outra mulher.

— Mas qual?

Miss Marple balançou a cabeça de modo insatisfeito.

— Não posso deixar de sentir, realmente não posso, que não seja tudo tão simples.

— Bem, quem podemos considerar a seguir... Jackson? Deixando-me fora disso.

Miss Marple sorriu pela primeira vez.

— E por que o deixaríamos fora disso, Mr. Rafiel?

— Porque, se você quer discutir a possibilidade de eu ser um assassino, teria que fazê-lo com outra pessoa. É perda de tempo falar comigo a respeito. E, de todo modo, eu lhe pergunto, pareço apropriado para o papel? Indefeso, levantado da cama feito um boneco, vestido, empurrado em uma cadeira, arrastado para uma volta. Que chance teria *eu* de sair e matar alguém?

— Tanta chance quanto qualquer outro, provavelmente — disse Miss Marple, vigorosamente.

— E como você chega a essa conclusão?

— Bem, o senhor mesmo vai concordar, imagino, que tem um cérebro?

— É claro que tenho — declarou Mr. Rafiel. — E digo que um bocado melhor do que qualquer outro nessa comunidade.

— E ter cérebro — disse Miss Marple — possibilitaria ao senhor se sobrepor a qualquer dificuldade física de ser um assassino.

— Daria algum trabalho!

— Sim — concordou Miss Marple. — Daria algum trabalho. Mas então, Mr. Rafiel, acho que o senhor teria gostado.

Mr. Rafiel a encarou por um longo tempo e então, de repente, gargalhou.

— A senhora é atrevida! — disse ele. — Não é bem a velhinha gentil que parece. Então acha que eu sou um assassino?

— Não — respondeu Miss Marple. — Não acho.

— E por quê?

— Bem, sinceramente, penso que é justamente *porque* o senhor tem cérebro. E tendo cérebro, consegue a maioria das coisas que quer sem ter que recorrer a um assassinato. Assassinato é estupidez.

— E, de todo modo, quem raios eu ia querer matar?

— Essa seria uma questão interessante — disse Miss Marple. — Ainda não tive o prazer de conversar o suficiente com o senhor para evoluir uma teoria quanto a isso.

O sorriso de Mr. Rafiel se alargou.

— Conversar com a senhora pode ser perigoso.

— Conversas são sempre perigosas, se temos algo a esconder — disse Miss Marple.

— Você pode estar certa. Vamos seguir com Jackson. O que acha dele?

— Difícil dizer. Não tive *nenhuma* oportunidade de conversar com seu valete.

— Então não tem visão alguma a respeito?

— Ele me lembra um pouco — disse Miss Marple, reflexiva — de um jovem rapaz no escritório da prefeitura perto de onde eu moro, Jonas Parry.

— E? — indagou Mr. Rafiel e fez uma pausa.

— Ele não era — disse Miss Marple — muito satisfatório.

— Jackson não é de todo satisfatório tampouco. Ele me serve bem, seu trabalho é de primeira qualidade e não se importa de ser xingado. Sabe que é pago generosamente e então deixa as coisas passarem. Eu não o empregaria em uma posição de confiança, mas não preciso confiar nele. Talvez ele tenha feito algo no passado, talvez não. Estava tudo certo com suas referências, mas senti, devo dizer, alguma reserva. Por sorte, não sou um homem que tenha segredos culposos, então não estou sujeito a chantagens.

— Nenhum segredo? — perguntou Miss Marple, pensativa. — Com certeza, Mr. Rafiel, o senhor tem negócios secretos, não?

— Não onde Jackson possa meter a mão neles. Não. Jackson é um tipo suave, pode-se dizer, mas não o vejo como assassino. Diria que não é seu ramo de modo algum.

Ele parou por um minuto e então disse de repente:

— Sabe, se a gente recuar um passo e der uma boa olhada em todo esse negócio fantasioso, o Major Palgrave, suas histórias ridículas e todo o resto, a ênfase está toda errada. *Eu* sou a pessoa que deveria ser assassinada.

Miss Marple o observou com alguma surpresa.

— O papel me cai bem — explicou Mr. Rafiel. — Quem é a vítima em histórias de assassinato? Homens velhos com dinheiro.

— E muita gente com bons motivos para desejar que ele saia do caminho para pegar esse dinheiro — disse Miss Marple. — Isso também é verdade?

— Bem... — Mr. Rafiel considerou. — Posso contar uns cinco ou seis homens em Londres que não se debulhariam em lágrimas se lessem meu obituário no *The Times*. Mas eles não iriam tão longe a ponto de fazer qualquer coisa que levasse à minha morte. Afinal, por que o fariam? Espera-se que eu morra a qualquer dia. De fato, esses insetinhos estão surpresos que eu esteja durando tanto. Os médicos também.

— O senhor tem, é claro, uma grande vontade de viver — disse Miss Marple.

— Você acha isso estranho — comentou Mr. Rafiel.

Miss Marple balançou a cabeça.

— Ah, não — respondeu. — Acho bastante natural. A vida vale mais a pena ser vivida, fica mais cheia de interesses quando há a possibilidade de perdê-la. Não deveria ser assim, mas é. Quando você é jovem, forte e saudável, e a vida se estica à frente, viver não é tão importante assim. São os jovens que cometem suicídio com mais facilidade, no desespero de um amor, às vezes, apenas por pura ansiedade ou preocupação. Mas pessoas velhas sabem o quanto a vida é valiosa e interessante.

— Ah! — disse Mr. Rafiel, roncando. — Olhe só esse par de velhos carcomidos.

— Bem, o que eu disse é verdade, não é? — perguntou Miss Marple.

— Sim — concordou Mr. Rafiel. — É bastante verdade. Mas não acha que estou certo quando digo que eu deveria ser escalado como a vítima?

— Depende de quem tem motivos para ganhar com sua morte — disse Miss Marple.

— Ninguém. Além de, como falei, meus competidores no mundo dos negócios, os quais, como eu também falei, podem confortavelmente contar com que eu esteja fora do jogo em pouco tempo. Não sou tolo a ponto de deixar muito dinheiro dividido entre os parentes. Pouquíssimos vão ganhar algo depois que o governo tiver pego praticamente tudo. Ah, não, já cuidei de tudo isso anos atrás. Dotações, fundações e tudo mais.

— Jackson, por exemplo, não lucraria com sua morte?

— Não ganharia um centavo — disse Mr. Rafiel, faceiro. — Eu lhe pago o dobro do salário que ganharia de qualquer outro. Isso é porque ele precisa lidar com meu temperamento, e sabe bem que vai sair perdendo quando eu morrer.

— E Mrs. Walters?

— O mesmo. Ela é uma boa moça. Secretária de primeira classe, inteligente, bom temperamento, compreende meu jeito, nem pisca se saio um pouco da linha, não dá a mínima se eu a insulto. Comporta-se como uma boa governanta de berçário encarregada de uma criança afrontosa e trabalhosa. Ela me irrita um pouco, às vezes, mas quem não me irrita? Não há nada de relevante quanto a ela. Sob muitos aspectos, é uma mulher comum, mas não poderia ter alguém que me servisse melhor. Ela tem vários problemas pessoais. Casou-se com um homem que não valia nada. Acho que nunca teve muito juízo no que tange a homens. Algumas mulheres não têm. Caem na conversa de qualquer um que venha com uma historinha de azar. Sempre convictas de que tudo que o sujeito precisa é de compreensão feminina adequada. De que, uma vez casado, ele vai se endireitar e dar certo na vida. Mas é claro que esse tipo de homem nunca vai. De todo modo, por sorte, esse marido insatisfatório morreu; bebeu demais em uma festa um dia e atravessou a rua na frente de um ônibus. Esther tem uma filha para sustentar e então voltou para seu trabalho como secretária. Ela está comigo há cinco anos. Deixei bem claro para ela desde o início que não deve nutrir nenhuma expectativa de mim quando da ocorrência de minha morte. Eu lhe paguei desde o começo um salário bastante alto e tenho aumentado o valor em até um quarto a cada ano. Não importa o quão decente e honesta as pessoas sejam, não se deve nunca confiar em *ninguém*; por isso eu disse a Esther com bastante clareza que ela não tem nada a esperar de minha morte. A cada ano que vivo, ela ganha um salário maior. Se guardar a maior parte disso e é isso que acho que ela faz, será uma mulher muito bem resolvida quando eu bater as botas. Assumi a responsabilidade pela educação da filha dela e coloquei uma quantia em um fundo para a menina, que ganhará quanto atingir a maioridade. Então Mrs. Esther Walters está posicionada muito confortavelmente. Minha morte, deixe-me dizer, significaria uma imensa perda financeira para ela. — Ele olhou com severidade para Miss Marple. — Ela compreende isso plenamente. É muito sensível, a Esther.

— Por acaso ela e Jackson se dão bem? — perguntou Miss Marple.

Mr. Rafiel a olhou de soslaio.

— Você percebeu algo? — indagou ele.

— Sim, acho que Jackson anda galanteando por aí, com um olho na direção dela, sobretudo nos últimos dias. Ele é um camarada bem-apessoado, é claro, mas Esther não lhe deu nenhuma chance nesse sentido. Para começar, há a distinção de classe. Ela está apenas um pouquinho acima dele. Não muito. Se estivesse *realmente* acima dele não seria importante, mas a classe média baixa é muito específica. A mãe dela era professora de escola e o pai, bancário. Então não, ela não vai se fazer de tola com Jackson. Arrisco dizer que ele está atrás do pé-de-meia, mas não vai conseguir.

— Shhh... Ela está vindo! — avisou Miss Marple.

Ambos olharam para Esther Walters conforme a moça vinha pela trilha do hotel na direção deles.

— Ela é uma garota muito bonita — disse Mr. Rafiel —, mas não tem um pingo de encanto. Não sei por quê. Ao menos, os atributos ela tem.

Miss Marple suspirou, um suspiro que qualquer mulher daria, não importando a idade, ao ver o que se considerava uma oportunidade desperdiçada. O que faltava em Esther havia sido chamado de tantos nomes durante o tempo de vida de Miss Marple. "Não é muito atraente para mim", "Sem graça", "Falta brilho no olhar". Cabelos claros, boa pele, olhos castanhos, uma boa forma, sorriso agradável, mas falta-lhe aquele algo mais que faz os homens virarem a cabeça quando passam por uma mulher na rua.

— Ela devia se casar de novo — disse Miss Marple, baixando a voz.

— É claro que deveria. Seria uma boa esposa para qualquer um.

Esther Walters se juntou a eles e Mr. Rafiel falou, em um tom ligeiramente artificial:

— Então aí está você! O que andou fazendo?

— Todo mundo parecia estar enviando telegramas esta manhã — comentou Esther. — Isso, e pessoas tentando entregar as chaves.

— Tentando entregar as chaves? Por causa desse negócio do assassinato?

— Imagino que sim. O pobre Tim Kendal está morrendo de preocupação.

— E deveria estar mesmo. É um azar para aquele jovem casal, devo dizer.

— Eu sei. Creio que foi um grande empreendimento assumir o hotel. Eles têm estado preocupados quanto a fazer disso aqui um sucesso. Estavam indo muito bem, aliás.

— Sim, estavam fazendo um bom trabalho — concordou Mr. Rafiel. — Ele é muito capaz e trabalha sem parar. Ela é uma moça muito boa. Atraente também. Os dois trabalham feito negros, ainda que seja um termo esquisito para se usar aqui, pois os negros mesmos não se matam de tanto trabalhar, pelo que posso ver. Estava observando um camarada que subiu em um coqueiro para pegar seu café da manhã, e então foi dormir pelo resto do dia. Vida boa. — E acrescentou: — Estávamos aqui discutindo o assassinato.

Esther Walters pareceu um pouco alarmada. Ela virou a cabeça na direção de Miss Marple.

— Eu estava errado quanto a ela — disse Mr. Rafiel, com sua franqueza característica. — Nunca tive muita paciência com as velhotas. São só tricô e fofocas. Mas essa tem algo mais. Olhos e ouvidos, e os usa.

Esther Walters olhou apologeticamente para Miss Marple, mas Miss Marple não pareceu tomar ofensa.

— Isso era para ser um elogio, veja — explicou Esther.

— Eu entendi bem — afirmou Miss Marple. — Eu entendi, também, que Mr. Rafiel é privilegiado, ou pensa ser.

— Como assim... privilegiado? — perguntou Mr. Rafiel.

— Em ser grosseiro quando quer — disse Miss Marple.
— Fui grosseiro? — indagou Mr. Rafiel, surpreso. — Peço desculpas se a ofendi.
— O senhor não me ofendeu — disse Miss Marple. — Eu faço concessões.
— Agora, não seja mal-educada, Esther, pegue uma cadeira e traga-a aqui. Talvez você possa ajudar.

Esther deu alguns passos pelo alpendre do bangalô e trouxe uma leve cadeira de vime.

— Vamos seguir com nossas considerações — disse Mr. Rafiel. — Começamos com o velho Palgrave, falecido, e suas histórias sem fim.

— Ah, céus. — Esther suspirou. — Receio que eu costumava fugir dele sempre que podia.

— Miss Marple era mais paciente — falou Mr. Rafiel. — Diga-me, Esther, alguma vez ele lhe contou uma história sobre um assassino?

— Ah, sim — confirmou. — Muitas vezes.

— Como era exatamente? Vamos ver *sua* lembrança.

— Bem... — Esther parou para pensar. — O problema é que — disse ela, se desculpando — eu, na verdade, não escutava com atenção. Sabe, era um pouco como aquela história horrível sobre o leão na Rodésia que costumava durar para sempre. A gente se acostuma a não escutar.

— Bem, conte-nos do que se lembra.

— Creio que o assunto surgiu de algum caso de assassinato que apareceu nos jornais. O Major Palgrave disse que tinha tido uma experiência incomum. Ele de fato conheceu um assassino cara a cara.

— Conheceu? — indagou Mr. Rafiel. — Ele usou mesmo a palavra "conhecer"?

Esther pareceu confusa.

— Creio que sim. — Ela estava em dúvida. — Ou pode ter dito: "Posso lhe apontar um assassino."

— Bem, e qual foi? Há uma diferença.

— Não consigo ter certeza. *Acho* que ele disse que ia me mostrar a fotografia de alguém.

— Assim é melhor.

— E então falou um bocado sobre Lucrécia Bórgia.

— Esqueça Lucrécia Bórgia. Sabemos tudo sobre ela.

— Ele falou de envenenadores e de que Lucrécia era muito bonita e tinha cabelo ruivo. Disse que, provavelmente havia muito mais mulheres envenenadoras andando por aí, mais do que qualquer um imaginasse.

— Receio que isso seja *bastante* provável — disse Miss Marple.

— E falou sobre o veneno ser uma arma de mulher.

— Parece que andou fugindo da questão um pouco — comentou Mr. Rafiel.

— Bem, é claro, ele sempre fugia da questão em suas histórias. E então a gente parava de escutar e apenas dizia "Sim", "É mesmo?" e "Não diga".

— E sobre essa tal fotografia que ele ia lhe mostrar?

— Não lembro. Pode ter sido algo que ele tenha visto no jornal...

— Ele não chegou a mostrá-la?

— A fotografia? Não. — Ela balançou a cabeça. — Estou certa disso. Ele disse que ela era uma mulher bem-apessoada, e que você nunca pensaria que fosse uma assassina ao olhar para ela.

— Ela?

— Aí está! — exclamou Miss Marple. — Isso deixa tudo muito confuso.

— Ele estava falando sobre uma mulher? — perguntou Mr. Rafiel.

— Ah, sim.

— A fotografia era de uma mulher?

— Sim.

— Não pode ser!

— Mas era — insistiu Esther. — Ele disse: "Ela está aqui nesta ilha. Apontarei a mulher para você, e então lhe contarei a história toda."

Mr. Rafiel soltou um palavrão. Ao dizer o que pensava do falecido Major Palgrave, não mediu suas palavras.

— É bem provável — falou — que nenhuma palavra do que ele dissera fosse verdade!

— É mesmo suspeito — murmurou Miss Marple.

— Então cá estamos — disse Mr. Rafiel. — O velho abobado se põe a contar para você histórias de caçada. Porco na lança, tiro no tigre, caçada de elefante, fugas por um triz de leões. Uma ou duas delas podem ter sido verdadeiras. Muitas são ficções, e há aquelas que aconteceram com outra pessoa! Então ele chega ao assunto de assassinato e conta uma história para cobrir outra, também de assassinato. E o pior é que ele narra como se tivessem acontecido com *ele*. Aposto dez contra um que muitas eram um requentado de coisas que lera no jornal ou vira na TV.

Ele se voltou para Esther, acusador.

— Você admite que não estava ouvindo com atenção. Talvez tenha entendido mal o que o homem estava dizendo.

— Tenho certeza de que ele estava falando sobre uma mulher — afirmou Esther, obstinada. — Porque é claro que eu me perguntei quem seria.

— Quem acha que era? — perguntou Miss Marple.

Esther corou e pareceu ligeiramente embaraçada.

— Ah, não quero... Digo, não gostaria de...

Miss Marple não insistiu. A presença de Mr. Rafiel, pensou, era hostil para que descobrisse exatamente que suposições Esther Walters fizera. Isso só poderia ser confortavelmente trazido à baila em um *tête-à-tête* entre duas mulheres. E havia, é claro, a possibilidade de que Esther Walters estivesse mentindo. Naturalmente, Miss Marple não sugeriu isso em voz alta. Ela registrou a ideia como uma possibilidade, mas não estava inclinada a acreditar. Em primeiro lugar, não pensava que Esther Walters fosse uma mentirosa (ainda que nunca se pudesse saber com certeza), e segundo, ela não conseguia ver qual seria o sentido de uma mentira assim.

— Mas *você* disse — Mr. Rafiel agora voltava-se para Miss Marple —, *você* disse que ele lhe contou essa lorota sobre um assassino e que tinha uma fotografia que estava para lhe mostrar.

— Foi o que pensei, sim.

— Você pensou? Estava bastante certa antes!

Miss Marple retrucou com vigor.

— Nunca é fácil repetir uma conversa e ser inteiramente preciso quanto ao que a outra parte disse. Sempre se está inclinado a pular para o que se pensava que *queriam dizer*. Então, assim, colocamos palavras na boca dos outros. O Major Palgrave me contou essa história. Ele me disse que o homem que lhe contou, este médico, havia lhe mostrado uma fotografia do assassino, mas, se posso ser bastante sincera, preciso admitir que o que ele de fato me falou foi "Gostaria de ver o retrato de alguém que cometeu um assassinato?", e eu naturalmente presumi que era a mesma fotografia de que ele vinha falando. Que era a fotografia daquele assassino em particular. Mas devo admitir que é possível, apenas remotamente possível, mas, ainda assim, possível... que por uma associação de ideias em sua mente ele tenha saltado da fotografia que haviam lhe mostrado no passado para a fotografia que havia tirado recentemente de alguém aqui que ele estava convencido que fosse um assassino.

— Mulheres! — zombou Mr. Rafiel, exasperado. — Vocês são todas iguais, todas! Não conseguem ser precisas. Nunca têm a certeza *exata* do que as coisas são. E agora, onde *isso* nos deixa? Evelyn Hillingdon ou a esposa de Greg, Lucky? A coisa toda é uma bagunça.

Os três ouviram uma tosse ligeiramente apologética. Arthur Jackson estava parado atrás de Mr. Rafiel. Ele se aproximara tão silenciosamente que ninguém o havia percebido.

— Hora de sua massagem, senhor — avisou.
Mr. Rafiel demonstrou mau humor imediato.
— O que você quer se esgueirando por trás de mim desse modo e me assustando? Eu não o escutei.
— Sinto muito, senhor.
— Acho que não vou fazer nenhuma massagem hoje. Nunca me fez muito bem, mesmo.
— Ora, vamos, o senhor não deve dizer isso. — Jackson estava repleto de animação profissional. — Logo notará se deixar passar.

Ele girou a cadeira com habilidade.

Miss Marple se pôs de pé, sorriu para Esther e desceu para a praia.

Capítulo 18

Sem os benefícios do clero

A praia estava um tanto vazia naquela manhã. Greg chapinhava pela água em seu habitual estilo barulhento. Lucky estava deitada de bruços na areia com costas bronzeadas untadas de óleo e seu cabelo louro espalhado sobre os ombros. Os Hillingdon não estavam. A *señora* De Caspearo, com um lote sortido de homens lhe dando atenção, estava deitada de rosto para cima e falando em um espanhol alegre e gutural. Algumas crianças francesas e italianas brincavam e riam no raso. O Cônego e Miss Prescott estavam sentados em cadeiras de praia observando a cena. O cônego tinha o chapéu virado por sobre os olhos e parecia estar quase dormindo. Havia uma cadeira conveniente perto de Miss Prescott, e Miss Marple foi até ela e se sentou.

— Ai, céus — disse, com um suspiro profundo.

— Eu sei — respondeu Miss Prescott.

Era seu tributo conjunto à morte violenta.

— Aquela pobre menina — lamentou Miss Marple.

— Muito triste — disse o cônego. — Desprezível.

— Por um momento — falou Miss Prescott —, realmente pensamos em ir embora, Jeremy e eu. Mas depois decidimos ficar. Não seria justo, senti, com os Kendal. Afinal, não é culpa *deles*. Poderia ter acontecido em qualquer lugar.

— Para morrer, basta estar vivo — disse o cônego, solene.

— É muito importante — disse Miss Prescott —, que eles façam este lugar dar certo. Colocaram todo seu capital nisso.

— Uma menina tão doce — comentou Miss Marple —, mas que não parecia muito bem ultimamente.

— Muito nervosa — concordou Miss Prescott. — É claro que a família dela... — Balançou a cabeça.

— Eu acho, Joan — disse o cônego, em uma leve reprimenda —, que há algumas coisas...

— Todo mundo já sabe — retrucou Miss Prescott. — A família dela vive em nosso lado do mundo. Uma tia-avó muito peculiar e um de seus tios tiraram todas as roupas em uma estação do metrô. Green Park, acho.

— Joan, isso não é coisa para ser repetida.

— Muito triste — disse Miss Marple, balançando a cabeça —, ainda que eu creia não ser uma forma incomum de loucura. Sei que, quando estávamos trabalhando na ajuda aos armênios, um clérigo muito respeitável e idoso foi afetado da mesma forma. Telefonaram para sua esposa, então ela veio em seguida e o levou para casa em um táxi, enrolado em um cobertor.

— É claro, a família mais próxima de Molly está bem — disse Miss Prescott. — Ela nunca se deu bem com a mãe, mas pouquíssimas moças parecem se dar bem com a mãe hoje em dia.

— Uma pena — comentou Miss Marple —, porque uma menina jovem precisa mesmo do conhecimento da mãe sobre o mundo e suas experiências.

— Exato — concordou Miss Prescott com ênfase. — Molly, você sabe, andou com algum homem... *bastante* inadequado, pelo que sei.

— Isso acontece — disse Miss Marple.

— A família dela desaprovava, naturalmente. *Ela* não lhes contou sobre isso. Eles ficaram sabendo através de um estranho. É claro que a mãe disse que ela devia trazê-lo para que o conhecessem de modo apropriado. Isso, pelo que entendi, a menina se recusou a fazer. Falou que seria humilhante para ele. Que seria muito ofensivo ter que ir conhecer a família dela e ser analisado. Como se fosse um cavalo, dissera.

Miss Marple suspirou.

— É preciso muito *tato* ao lidar com os jovens.

— E ficou assim! Eles a proibiram de vê-lo.

— Mas não se pode mais fazer isso hoje em dia — disse Miss Marple. — As garotas têm empregos e encontram as pessoas, quer as proíbam ou não.

— Mas então, por sorte — disse Miss Prescott —, ela conheceu Tim Kendal, e o outro homem meio que sumiu de cena. Não posso *dizer* o quanto a família ficou aliviada.

— Espero que não tenham dado muito na vista — falou Miss Marple. — Isso não raro desestimula as garotas a criarem relações adequadas.

— Sim, de fato.

— Faz a gente lembrar — murmurou Miss Marple, a mente voltando ao passado.

Um rapaz que ela conheceu em uma partida de *croquet*. Ele parecera tão gentil, um tanto alegre, quase *boêmio* em suas opiniões. E fora inesperadamente bem-recebido por seu pai. Era adequado, elegível e foi convidado a visitar a casa livremente mais de uma vez, e Miss Marple descobriu que, afinal, ele era *chato*. Muito chato.

O cônego parecia seguramente comatoso, e Miss Marple arriscou um avanço sobre o assunto que estava ansiosa para abordar.

— Com certeza você sabe bastante sobre este lugar — murmurou ela. — Veio para cá por vários anos seguidos, não?

— Ano passado e dois anos antes disso. Nós gostamos bastante de St. Honoré. Sempre há pessoas boas aqui. Não são do tipo chamativo daqueles que são ricos demais.

— Então suponho que conheça bem os Hillingdon e os Dyson, não?

— Sim, bastante.

Miss Marple tossiu e baixou ligeiramente a voz.

— O Major Palgrave me contou uma história interessante — disse ela.

— Ele tinha um grande repertório de causos, não é? Claro, ele viajara bastante. África, Índia, até mesmo a China, creio.

— Sim — confirmou Miss Marple. — Mas não me referia a uma dessas histórias. A que menciono era uma que dizia respeito a... bem, a uma das pessoas que acabei de citar.

— Ah! — disse Miss Prescott. Sua voz carregava um entendimento.

— Sim. Agora eu me pergunto... — Miss Marple permitiu que seus olhos viajassem gentilmente ao longo da praia onde Lucky estava deitada de costas. — Ela tem um bronzeado muito bonito, não? — observou Miss Marple. — E o cabelo. Muito atraente. Praticamente da mesma cor que o de Molly Kendal, não acha?

— A única diferença — disse Miss Prescott — é que o de Molly é natural, e o de Lucky vem de um frasco!

— Francamente, Joan — protestou o cônego, acordando de surpresa outra vez. — Não acha que isso é uma coisa um *pouco* desalmada de se dizer?

— Não é desalmada — retrucou Miss Prescott, ácida. — É um *fato*.

— Para *mim* parece muito bom — disse o cônego.

— É claro. É por isso que ela faz. Mas eu lhe garanto, meu querido Jeremy, não enganaria nenhuma *mulher* por momento algum. Enganaria? — apelou para Miss Marple.

— Bem, eu receio... — disse Miss Marple —, é claro que não tenho sua experiência, mas receio que sim, diria que é um tanto *não natural*. A aparência nas raízes a cada quinto ou sexto dia... — Ela olhou para Miss Prescott e ambas assentiram em uma quieta certeza feminina.

O cônego aparentava ter apagado outra vez.

· UM MISTÉRIO NO CARIBE · **143**

— O Major Palgrave me contou uma história de fato extraordinária — murmurou Miss Marple. — Sobre... bem, não consegui entender direito. Sou um pouco surda às vezes. Ele parecia estar dizendo ou sugerindo... — Ela fez uma pausa.

— Sei o que quer dizer. Houve bastante falatório na época.

— Você quer dizer na época que...

— Quando a primeira Mrs. Dyson morreu. A morte dela foi completamente inesperada. De fato, todo mundo pensava que ela fosse uma *malade imaginaire*, uma hipocondríaca. Então, quando ela teve o ataque e morreu, as pessoas começaram a falar.

— Não houve nenhum... problema?

— O médico ficou intrigado. Ele era um homem bastante jovem e não tinha muita experiência. Era o que eu chamo de um desses é-tudo-virose. Você sabe, do tipo que não quer examinar bem o paciente ou que se preocupe em saber qual é o problema. Apenas prescrevem um comprimido qualquer e, se o paciente não melhora, mudam a medicação. Sim, acredito que o rapaz *estava* intrigado, mas parece que ela vinha tendo problemas gástricos antes. Ao menos foi o que o marido disse, e não havia nenhum motivo para se acreditar que houvesse algo *errado*.

— Mas você mesma acha...

— Bem, sempre tento manter a cabeça aberta, mas a gente imagina, você sabe. E com as várias coisas que as pessoas disseram...

— Joan! — O cônego se sentou. Ele parecia beligerante. — Eu não gosto, realmente *não gosto* de escutar esse tipo de fofoca mal-intencionada sendo repetida. Sempre nos posicionamos contra esse tipo de coisa. Não enxergue maldades, não escute maldades, não fale maldades. E, o mais importante, não *pense* maldades! Esse deveria ser o lema de todo cristão.

As duas mulheres ficaram em silêncio. Elas foram repreendidas, e em respeito à forma que foram criadas, cederam às críticas de um homem. Mas, por dentro, estavam frustradas, irritadas e impenitentes. Miss Prescott lançou um olhar de raiva na direção do irmão. Miss Marple tirou seu tricô e o observou. Para a sorte delas, o acaso estava de seu lado.

— *Mon père* — disse uma vozinha aguda.

Era uma das crianças francesas que estava brincando na beira da água.

Ela se aproximara sem ser percebida, e estava parada ao lado da cadeira do Cônego Prescott.

— *Mon père* — chamou.

— Hã? Sim, minha querida? *Oui, qu'est-ce qu'il y a, ma petite?*

A criança explicou. Houvera uma disputa sobre quem deveria ficar com as boias de braço e outras questões de etiqueta à beira-mar. O Cônego Prescott era extremamente afeiçoado a crianças, em especial menininhas. Ele sempre adorava ser chamado para agir como árbitro em suas disputas. Agora se levantava voluntarioso e acompanhou a criança até a água. Miss Marple e Miss Prescott respiraram fundo e voltaram-se, ávidas, uma para a outra.

— Jeremy, com toda razão, é claro, é bastante contra fofocas mal-intencionadas — disse Miss Prescott. — Mas não se pode ignorar o que as pessoas dizem. E houve muito falatório na época.

— É? — O tom de Miss Marple a instigou a seguir adiante.

— Essa jovem, veja só, Miss Greatorex creio que fosse então seu nome, não lembro agora, era uma espécie de prima e cuidava de Mrs. Dyson, dando-lhes todos os remédios. — Houve uma pequena pausa sem sentido. — E havia, pelo que entendi — Miss Prescott baixou a voz —, algo acontecendo entre Mr. Dyson e Miss Greatorex. Muita gente notara. Digo, coisas assim são rapidamente percebidas em lugares como esse. Então houve uma história curiosa sobre algo que Edward Hillingdon conseguiu para ela com um farmacêutico.

— Ah, Edward Hillingdon esteve envolvido?

— Ah sim, bastante. As pessoas notaram como ele era atraído por ela. E Lucky, Miss Greatorex, os jogou um contra o outro. Gregory Dyson e Edward Hillingdon. Deve-se admitir que ela sempre fora uma mulher atraente.

— Embora não tão jovem quanto já fora — retrucou Miss Marple.

— Exatamente. Mas sempre se produzira e se maquiara muito bem. É claro que não de modo tão chamativo quanto quando era apenas a prima pobre. Ela era devotadíssima aos inválidos, ao menos nas aparências. Mas, bem, a senhora sabe como é.

— O que era essa história a respeito do farmacêutico? Como soube disso?

— Bem, não foi em Jamestown, acho que foi quando eles estavam na Martinica. Os franceses, acredito, são mais liberais do que nós nessa questão. Esse farmacêutico falou com alguém, e a história se espalhou do jeito que essas coisas acontecem.

Miss Marple sabia melhor do que ninguém.

— Ele disse algo sobre o Coronel Hillingdon pedir por algo e não saber o que era que estava pedindo. Consultando um pedaço de papel, você sabe, no qual fora escrito. Enfim, houve *falatório*.

— Mas não vejo por que o Coronel Hillingdon... — Miss Marple franziu a testa, perplexa.

— Suponho que ele estivesse apenas sendo usado como marionete. De todo modo, Gregory Dyson se casou de novo em um período quase indecente de tão curto. Nem um mês depois, pelo que entendi.

Elas olharam uma para a outra.

— Mas não havia nenhuma suspeita verdadeira? — perguntou Miss Marple.

— Ah, não, foi apenas... bem, *falatório*. É claro que naquele mato pode muito bem não ter havido nenhum coelho.

— O Major Palgrave achou que houvesse.

— Ele disse isso para você?

— Não estava escutando com atenção, para falar a verdade — confessou Miss Marple. — Apenas me pergunto se... hã... bem, se ele disse a mesma coisa para a senhora.

— Ele a apontou para mim um dia — disse Miss Prescott.

— É mesmo? Chegou a apontá-la para a senhora?

— Sim. Por sinal, a princípio pensei que fosse Mrs. Hillingdon quem ele estava apontando. Ele chiou, deu um risinho e disse: "Olhe aquela mulher ali. Em minha opinião, ela já matou e saiu impune." Eu fiquei muito chocada, é claro. E disse: "Certamente o senhor está brincando, Major Palgrave", e ele respondeu: "Sim, sim, minha senhora, vamos chamar isso de uma piada." Os Dyson e os Hillingdon estavam sentados a uma mesa bem perto de nós, e eu estava com medo de que escutassem. Ele riu e disse: "Eu não ia querer ir em um coquetel e ter uma certa pessoa me preparando um drinque. Seria como jantar com os Bórgia."

— Isso é *muito* interessante — disse Miss Marple. — Ele por acaso mencionou uma... fotografia?

— Não lembro. Seria um recorte de jornal?

Miss Marple, prestes a falar, cerrou os lábios. O sol fora momentaneamente tapado por uma sombra. Evelyn Hillingdon parou ao lado delas.

— Bom dia — cumprimentou.

— Eu me perguntava onde a senhora estaria — disse Miss Prescott, olhando para cima.

— Eu estive em Jamestown, fazendo compras.

— Ah, compreendo.

Miss Prescott olhou ao redor vagamente, e Evelyn Hillingdon disse:

— Ah. Fui sem Edward. Homens odeiam compras.

— A senhora encontrou algo bom?

— Não era esse tipo de compra. Tive que ir até o farmacêutico. Com um sorriso e um leve meneio, ela desceu até a praia.

— Tão gentis, os Hillingdon — disse Miss Prescott —, ainda que ela não seja muito fácil de se conhecer, não é? Digo, é sempre muito agradável e tudo, mas a gente nunca chega a conhecê-la melhor.

Miss Marple concordou, pensativa.

— A gente nunca sabe o que ela está pensando — comentou Miss Prescott.

— Talvez seja melhor assim — disse Miss Marple.

— Como?

— Ah, nada grave, mas é que eu sempre tive a impressão de que os pensamentos dela poderiam ser um tanto desconcertantes.

— Ah — falou Miss Prescott, parecendo intrigada. — Entendo o que quer dizer. — Ela continuou com uma ligeira mudança de assunto. — Creio que tenham uma propriedade bastante charmosa em Hampshire, e um menino... ou são dois?... que acabaram de ir, ou um deles foi, para Winchester.

— A senhora conhece bem Hampshire?

— Não. Nem um pouco. Creio que a casa deles seja em algum lugar perto de Alton.

— Entendo. — Miss Marple fez uma pausa e então disse: — E onde os Dyson vivem?

— Na Califórnia — respondeu Miss Prescott. — Quando estão em casa, quero dizer. Eles viajam muito.

— A gente sabe pouquíssimo das pessoas que encontra quando se viaja — disse Miss Marple. — Quer dizer... Como posso colocar... Só se sabe o que as pessoas escolhem nos dizer sobre si mesmas, não é? Por exemplo, você não sabe se *de fato* os Dyson vivem na Califórnia.

Miss Prescott pareceu alarmada.

— Tenho certeza de que Mr. Dyson mencionou isso.

— Sim. Sim, exatamente. É o que quero dizer. E talvez o mesmo com os Hillingdon. Quando a senhora fala que eles vivem em Hampshire, está, na realidade, repetindo o que *eles* lhe contaram, certo?

Miss Prescott pareceu ligeiramente preocupada.

— Está querendo dizer que eles não vivem em Hampshire? — perguntou.

— Não, não, nem por um instante — disse Miss Marple, desculpando-se. — Eu estava apenas os usando como exemplo do que se sabe ou não a respeito das pessoas. — E então acrescentou: — *Eu* lhe contei que vivo em St. Mary Mead, que é um lugar, sem dúvida, do qual a senhora já ouviu falar. Mas a senhora não sabe isso por si própria, sabe?

Miss Prescott evitou dizer que não se importava nem um pouco a respeito de *onde* Miss Marple vivia. Era em algum lugar no interior e no sul da Inglaterra — isso era tudo que sabia.

— Ah, entendi — concordou, apressada —, e sei que todo cuidado é pouco quando se está no exterior.

—Não exatamente — disse Miss Marple.

Havia alguns pensamentos estranhos passando pela mente de Miss Marple. Será que ela sabia mesmo, perguntou-se, se o Cônego Prescott e Miss Prescott eram realmente o Cônego Prescott e Miss Prescott? Eles diziam ser. Não havia evidência para contradizê-los. Seria fácil colocar um colarinho branco, vestir as roupas apropriadas, criar a conversação adequada, não? Se houvesse um motivo...

Miss Marple era razoavelmente familiarizada com o clero em sua parte do mundo, mas os Prescott vinham do Norte. Durham, não? Ela não tinha dúvida de que eles eram os Prescott, mas, ainda assim, voltava-se ao mesmo ponto: acredita-se naquilo que é dito.

"Talvez devêssemos nos resguardar contra isso. Talvez...", ela balançou a cabeça, pensativa.

Capítulo 19

Utilidades de um sapato

O Cônego Prescott voltou da beira da água ligeiramente sem fôlego (brincar com crianças é exaustivo).

Logo depois, ele e a irmã voltaram para o hotel, achando a praia um pouco quente demais.

— Mas — disse, desdenhosa, a *señora* De Caspearo, enquanto eles iam embora — como pode uma praia estar quente demais? É absurdo. E olha só o que ela está vestindo, seus braços e seu pescoço todo cobertos. Talvez seja até melhor, assim. A pele dela deve ser horrorosa, como um frango depenado.

Miss Marple respirou fundo. A hora de conversar com a *señora* De Caspearo era aquela. Infelizmente, não sabia o que dizer. Não parecia haver terreno comum onde poderiam se encontrar.

— Tem filhos, senhora? — perguntou Miss Marple.

— Três anjinhos — respondeu a *señora* De Caspearo, beijando a ponta dos dedos.

Miss Marple ficou um tanto incerta se isso significava que a prole da *señora* de Caspearo estava no Céu ou se apenas se referia aos seus temperamentos.

Um dos cavalheiros que a acompanhavam fez uma observação em espanhol, e a *señora* De Caspearo jogou a cabeça para trás em aprovação, em uma risada alta e melódica.

— A senhora entendeu o que ele disse? — perguntou a mulher a Miss Marple.

— Receio que não — disse Miss Marple, desculpando-se.
— Melhor assim. Ele é um homem perverso.
Seguiu-se uma rápida e animada troca de gracinhas em espanhol.
— Isso é infame... infame — disse a *señora* De Caspearo, trocando para o inglês com súbita seriedade. — A polícia não nos deixa sair desta ilha. Eu estouro, grito, bato o pé... mas tudo que eles dizem é não, não. Vocês sabem como vai terminar, nós todos seremos mortos.
Seu segurança tentou tranquilizá-la.
— Mas digo que este lugar é amaldiçoado. Eu soube desde o começo. Aquele velho major, o feioso, ele tinha mau--olhado... A senhora lembra? Os olhos dele se cruzavam... É ruim! Eu fazia a Mão Chifrada toda vez que ele olhava para mim. — Ela fez o gesto para ilustrar. — Apesar de que, sendo vesgo, eu nem sempre tinha certeza para onde ele estava olhando.
— Ele tinha um olho de vidro — disse Miss Marple, em tom explicativo. — Um acidente, pelo que entendi, quando era jovem. Não era culpa dele.
— Pois ele trouxe azar... Era mau-olhado que ele tinha.
A mão dela ergueu-se de novo no bem conhecido gesto latino: o indicador e o mindinho para cima, os dois dedos do meio abaixados.
— Enfim — falou ela, animada —, ele morreu. Não tenho mais que tomar cuidado. Não gosto de ficar olhando para coisas feias.
Aquele era, pensou Miss Marple, um epitáfio cruel para o Major Palgrave.
Mais abaixo na praia, Gregory Dyson saiu do mar. Lucky se revirou na areia. Evelyn Hillingdon olhava para ela, e sua expressão, por algum motivo, fez Miss Marple se arrepiar. "Certamente não posso estar sentindo frio nesse calor", pensou.
Como era mesmo o antigo ditado? "Alguém passou por cima da minha cova."
Ela se levantou e voltou devagar para seu bangalô.

No caminho, passou por Mr. Rafiel e Esther Walters descendo para a praia. Mr. Rafiel piscou para ela. Miss Marple não piscou de volta. Parecia desaprovar o ato.

Então, voltou para seu bangalô e se deitou. Sentiu-se velha, cansada e preocupada.

Tinha certeza absoluta de que não havia tempo a perder. Não havia tempo a perder. Estava ficando tarde... O sol ia se pôr. O sol... Deve-se sempre olhar para o sol através de um vidro escuro. Onde estava aquele pedaço de vidro escuro que alguém havia lhe dera?

Não, ela não ia precisar dele, afinal. Uma sombra surgira tapando o sol. Uma sombra. A sombra de Evelyn Hillingdon. Não, não Evelyn Hillingdon. A sombra (quais eram as palavras?) a *sombra do Vale da Morte*. Era isso. Ela precisava... Como era? Fazer o sinal da Mão Chifrada... para evitar o mau-olhado... o mau-olhado do Major Palgrave.

Seus olhos se abriram, ela acabara cochilando. Mas *houvera* uma sombra, alguém espiando pela janela.

A sombra se afastou, e Miss Marple viu quem era: Jackson. "Que impertinente... Espiar desse jeito", pensou, e acrescentou: "Bem como Jonas Parry."

A comparação não trazia crédito algum para Jackson.

Então se perguntou *por que* Jackson estaria espiando seu quarto. Para ver se estava ali? Ou para ver se estava ali, mas dormindo?

Miss Marple se levantou, foi até o banheiro, e espiou com cuidado pela janela.

Arthur Jackson estava parado à porta do bangalô vizinho. O bangalô de Mr. Rafiel. Ela o viu dar uma rápida olhada ao redor e então entrar. Aquilo era interessante, pensou Miss Marple. Por que ele precisava olhar modo tão furtivo? Nada no mundo seria mais natural do que ele entrar no bangalô de Mr. Rafiel, já que tinha um quarto nos fundos. Jackson estava sempre entrando e saindo por algum motivo ou outro. Então por que o olhar ao redor? "Apenas um motivo", pensou Miss Marple, respondendo à própria pergunta. "Ele quer ter certeza de que ninguém o estará vendo entrar nesse momento em particular por causa de algo que vai fazer ali."

Todos, é claro, estão na praia neste momento, exceto aqueles que saíram em algum passeio. Em cerca de vinte minutos ou mais, o próprio Jackson chegará na praia para seguir com suas obrigações em ajudar Mr. Rafiel a tomar seu banho de mar. Se quiser fazer qualquer coisa no bangalô sem ser observado, aquele era o momento. Ele se certificou de que Miss Marple estava dormindo, de que não havia ninguém por perto para observar seus movimentos. Bem, ela daria seu melhor para fazer exatamente isso.

Sentando-se na cama, Miss Marple retirou as sandálias novas e as trocou por um par de alpargatas. Então, balançou a cabeça, tirou as alpargatas, revirou sua valise e retirou um par de sapatos em que o salto de um pé ficara preso recentemente em um gancho perto da porta. Estava agora em um estado ligeiramente precário, e Miss Marple habilmente os deixou ainda mais precários com a ajuda de uma lixa de unhas. Aí, saiu pela porta com a devida precaução, caminhando de meias. Com todo o cuidado de um grande caçador que, contra o vento, aproxima-se de uma manada de antílopes, Miss Marple andou em volta do bangalô de Mr. Rafiel.

Com cuidado, manobrou seu caminho ao redor do canto da casa. Colocou um dos pés do sapato que carregava, ficou de joelhos e se agachou debaixo da janela. Se Jackson escutasse alguma coisa, se viesse à janela para olhar, uma velhinha teria sofrido uma queda em virtude do salto do sapato. Mas, é claro, Jackson não escutou nada.

Devagar, Miss Marple ergueu a cabeça. As janelas do bangalô eram baixas. Apoiando-se um pouco em um ramalhete de trepadeiras, espiou o interior.

Jackson estava de joelhos em frente a uma maleta. O fecho estava levantado, e Miss Marple podia ver que era algo especialmente adaptado, contendo um compartimento cheio de papéis. De vez em quando, Jackson retirava documentos de grandes envelopes. Miss Marple não se manteve por muito tempo em seu posto de observação. Tudo que ela queria era saber o que Jackson estava fazendo. Sabia agora que o rapaz estava espionando. Estivesse ele procurando por algo em particular ou se estava apenas deixando-se levar por seus instintos naturais, ela não tinha como dizer. Mas confirmava sua crença de que Arthur Jackson e Jonas Parry tinham fortes afinidades além da semelhança física.

Seu problema agora era recuar. Ela se abaixou outra vez e engatinhou pela cama de flores até estar longe da janela. Voltou para seu bangalô e, cuidadosamente, guardou o sapato e o salto que havia soltado. Ela os observou com afeto. Um bom dispositivo que poderia usar em outra ocasião, se necessário. Calçou de volta as sandálias, e desceu pensativa para a praia outra vez.

Escolhendo um momento em que Esther Walters estava na água, Miss Marple foi para a cadeira que a moça havia deixado vaga.

Greg e Lucky riam e conversavam com a *señora* De Caspearo com bastante estardalhaço.

Miss Marple falou bem baixinho, quase sussurrando, sem olhar para Mr. Rafiel.

— O senhor sabe que Jackson o espiona?

— Não me surpreende — disse Mr. Rafiel. — Pegou-o em flagrante, foi?

— Consegui observá-lo pela janela. Ele estava com uma de suas maletas abertas, olhando seus papéis.

— Deve ter conseguido pegar uma das chaves para fazer isso. Camarada esperto. Porém, vai ficar desapontado. Nada do que conseguir desse modo vai lhe trazer benefícios.

— Ele está vindo agora — avisou Miss Marple, olhando na direção do hotel.

— Hora daquele banho de mar idiota.

Ele falou mais uma vez, bem baixinho.

— Quanto a você, não seja muito afoita. Não queremos comparecer ao *seu* funeral a seguir. Lembre-se de sua idade e tenha cuidado. Lembre-se de que há alguém por aí que não tem escrúpulos.

Capítulo 20

Alarme noturno

Veio o entardecer, as luzes foram acesas no terraço, pessoas jantaram, conversaram e riram, ainda que com menos barulho e alegria do que um ou dois dias antes. A banda de metais tocou.

A dança, porém, acabou mais cedo. As pessoas bocejaram, foram para a cama, as luzes se apagaram. Houve escuridão e calmaria. O Golden Palm Tree adormeceu.

— Evelyn. Evelyn! — O sussurro veio agudo e urgente.

Evelyn Hillingdon se esticou e se virou no travesseiro.

— *Evelyn*. Acorde, por favor.

Evelyn Hillingdon se sentou de súbito. Tim Kendal estava de pé no vão da porta. Ela o encarou surpresa.

— Evelyn, *por favor*, pode me acompanhar? É... Molly. Ela está passando mal. Não sei o que há de errado. Acho que pode ter tomado alguma coisa.

Evelyn foi rápida e decisiva.

— Tudo bem, Tim. Já vou. Volte para ela. Estarei com você em um instante.

Tim Kendal desapareceu. Evelyn escorregou para fora da cama, vestiu um roupão e olhou ao longo do quarto para a outra cama. Seu marido, ao que parecia, não havia acordado. Estava deitado, a cabeça virada, respirando calmamente. Evelyn hesitou por um momento, então decidiu não perturbá-lo. Saiu pela porta e caminhou rapidamente pelo prédio principal e além, até o bangalô dos Kendal. Ela alcançou Tim na porta.

Molly estava deitada na cama. Com os olhos fechados, sua respiração claramente não era natural. Evelyn se curvou sobre ela, ergueu uma pálpebra, sentiu sua pulsação e então olhou para o criado-mudo. Havia ali um copo. Ao lado dele, um frasco vazio de comprimidos. Ela o pegou.

— São comprimidos para dormir — informou Tim. — Mas esse frasco estava cheio até a metade ontem ou anteontem. Acho que deve ter tomado um bocado.

— Vá chamar o Dr. Graham — disse Evelyn. — E acorde o pessoal e peça que façam um café forte. O mais forte possível. Rápido.

Tim saiu correndo. Ao passar pela porta, colidiu com Edward Hillingdon.

— Ah, desculpe, Edward.

— O que está acontecendo aqui? — perguntou Hillingdon.

— O que está acontecendo?

— É Molly. Evelyn está com ela. Preciso chamar o médico. Acho que deveria ter ido procurá-lo primeiro, mas... não tinha certeza e achei que Evelyn saberia dizer. Molly detestaria que eu tivesse chamado um médico sem que fosse necessário.

Tim foi embora, correndo. Edward Hillingdon olhou para ele por um momento e, então, entrou no quarto.

— O que está acontecendo? — perguntou ele. — É sério?

— Ah, aí está você, Edward. Me perguntei se acabaria acordando. Essa bobinha aqui andou tomando coisas.

— É feia a coisa?

— Não dá para dizer sem saber o quanto ela tomou. Não acho que será muito ruim se conseguirmos dar conta a tempo. Mandei buscar café. Se conseguirmos fazer com que beba um pouco...

— Mas por que ela faria uma coisa dessas? Você não acha...
— Ele parou.

— O que eu não acho? — questionou Evelyn.
— Não acha que é por causa da investigação da polícia?
— É possível. Esse tipo de coisa pode ser muito alarmante para uma pessoa nervosa.
— Molly nunca pareceu ser do tipo nervosa.
— Não se pode dizer — falou Evelyn. — Às vezes, são as pessoas mais improváveis que perdem as estribeiras.
— Sim, eu lembro... — E, de novo, ele parou.
— A verdade é que — disse Evelyn — a gente nunca sabe nada sobre ninguém. — Ela acrescentou: — Nem mesmo as pessoas que nos são próximas...
— Isso não é ir um pouco longe, Evelyn, não é exagero?
— Não acho que seja. Quando pensamos nas pessoas, é na imagem que nós mesmos fazemos delas.
— Eu conheço você — disse Edward Hillingdon, baixinho.
— Você *acha* que conhece.
— Não. Eu tenho certeza. E você tem certeza quanto a mim.
Evelyn olhou para ele e então se voltou para a cama. Levantou Molly pelos ombros e a chacoalhou.
— Temos que fazer alguma coisa, mas suponho que seja melhor aguardar até que o Dr. Graham chegue. Ah, acho que os escutei.

— Ela vai conseguir agora — disse o Dr. Graham, afastando-se, limpando a testa com um lenço e soltando um suspiro de alívio.
— O senhor acha que ela vai ficar bem, doutor? — perguntou Tim, ansioso.
— Sim, sim. Chegamos bem a tempo. De todo modo, ela provavelmente não tomou o bastante para se matar. Ela logo estará de pé de novo, mas, antes, terá um ou dois dias terríveis. — Ele pegou um frasco vazio. — Quem deu a ela esse negócio, afinal?
— Um médico em Nova York. Ela não estava dormindo bem.

— Ai, ai. Sei que nós, médicos, temos indicado essas coisas com muita liberalidade hoje em dia. Ninguém diz às moças que não conseguem dormir para contar carneirinhos, ou se levantar e comer um biscoito, ou escrever algumas cartas e então voltar para a cama. Soluções instantâneas, é o que as pessoas querem hoje em dia. Às vezes, acho uma pena receitar esses medicamentos. Na vida, a gente precisa aprender a lidar com as coisas. Tudo bem meter uma chupeta na boca de um bebê para fazer com que pare de chorar. Mas não se pode ficar fazendo isso por toda a vida. — Ele deu uma risadinha. — Aposto que se você perguntar à Miss Marple o que faz quando não consegue dormir, ela lhe dirá que conta carneiros pulando por cima de um portão.

Ele se virou para a cama em que Molly encontrava-se estirada. Seus olhos estavam abertos agora. Ela olhou para eles sem interesse ou reconhecimento. O Dr. Graham segurou sua cabeça.

— Ora, ora, minha querida, o que andou fazendo com você mesma?

Ela piscou, mas não respondeu.

— Por que fez isso, Molly, por quê? Me diga, por quê? — Tim segurou sua outra mão.

Ainda assim, olhos não se moveram. Se eles se detiveram em alguém foi em Evelyn Hillingdon. Pode ter havido até mesmo um leve questionamento em seu olhar, mas era difícil de dizer. Evelyn falou como se a pergunta tivesse sido feita.

— Tim me chamou.

Seus olhos se voltaram para Tim, e então para o Dr. Graham.

— Você vai ficar bem agora — disse o médico. — Mas não faça isso de novo.

— Não era a intenção dela — falou Tim, baixinho. — Tenho certeza de que não era a intenção dela. Ela só queria uma boa noite de sono. Talvez os comprimidos não tenham funcionado no começo e, então, ela tomou mais. Foi isso, Molly?

Sua cabeça se moveu levemente em negativo.

— Você quer dizer... que tomou de propósito? — perguntou Tim.

Molly então falou:

— Sim.

— Mas por quê, Molly, por quê?

As pálpebras dela tremeram.

— Medo. — A palavra foi sussurrada.

— Medo? De quê?

Mas as pálpebras se fecharam.

— Melhor deixá-la em paz — avisou o Dr. Graham.

Tim falou com ímpeto:

— Medo de quê? Da polícia? Porque eles têm incomodado você, lhe fazendo perguntas? Eu não me espanto. Qualquer um ficaria assustado. Mas é só o jeito deles, só isso. Ninguém pensou, nem por um momento... — Ele se interrompeu.

O Dr. Graham fez um gesto decisivo.

— Eu quero dormir — pediu Molly.

— É a melhor coisa para você — disse o Dr. Graham.

Ele foi até a porta e os outros o seguiram.

— Ela vai dormir bem — falou Graham.

— Tem alguma coisa que eu deva fazer? — perguntou Tim.

Ele tinha a postura de sempre, ligeiramente apreensiva, de um homem lidando com enfermidades.

— Posso ficar, se quiser — sugeriu Evelyn, com gentileza.

— Ah, não. Não, está tudo bem — disse Tim.

Evelyn se virou na direção da cama.

— Quer que eu fique com você, Molly?

Os olhos de Molly se abriram outra vez.

— Não — respondeu, e então, após uma pausa: — Só Tim.

Tim voltou e sentou-se na cama.

— Estou aqui, Molly — disse ele, e pegou sua mão. — Apenas durma. Não vou deixar você.

Ela suspirou de leve e seus olhos se fecharam.

O doutor parou do lado de fora do bangalô e os Hillingdon pararam com ele.

— O senhor tem certeza de que não há mais nada que eu possa fazer? — perguntou Evelyn.

— Acho que não, Mrs. Hillingdon. Ela vai ficar melhor com o marido agora. Mas possivelmente amanhã... Afinal, ele tem o hotel para gerir... Creio que alguém devesse ficar com ela.

— O senhor acha que ela pode vir a... tentar de novo? — perguntou Edward.

Graham esfregou a testa com irritação.

— Nunca se sabe nesses casos. Na realidade, é bastante improvável. Como viram por conta própria, o tratamento restaurativo é extremamente desagradável. Mas claro que nunca se pode ter certeza absoluta. Talvez ela tenha mais dessa coisa escondida em algum lugar.

— Eu nunca teria pensado em suicídio relacionado a uma garota como Molly — comentou Edward.

— Não são as pessoas que estão sempre falando em se matar, ameaçando fazê-lo, que o fazem de fato — disse Graham, seco. — Esses tipos só fazem drama para desopilar.

— Molly sempre me pareceu uma garota tão feliz. Acho que talvez... — Evelyn hesitou. — Preciso lhe contar algo, Dr. Graham.

Evelyn lhe contou então sobre sua conversa com Molly na praia na noite em que Victoria foi morta. O rosto de Graham estava sério quando ela terminou.

— Fico feliz que tenha me contado, Mrs. Hillingdon. Há indícios definitivos de que haja problemas profundamente enraizados. Sim. Vou dar uma palavrinha com o marido dela pela manhã.

— Eu gostaria de conversar com você, Kendal, sobre sua esposa.

Estavam sentados no escritório de Tim. Evelyn Hillingdon o havia substituído ao lado de Molly na cama e Lucky havia prometido ir mais tarde e, como havia expressado, "enfeitiçá-la" depois. Miss Marple também ofereceu seus serviços. O pobre Tim estava dividido entre seus compromissos com o hotel e o estado da esposa.

— Não consigo entender — disse Tim. — Não consigo mais entender Molly. Ela mudou. Ela mudou completamente.

— Ela andou tendo pesadelos, pelo que ouvi falar.

— Sim. Sim, ela reclamou bastante disso.

— Por quanto tempo?

— Não sei. Cerca de... Ah, suponho que um mês, talvez mais. Ela... nós... pensamos que fossem apenas... bem, pesadelos, o senhor sabe.

— Sim, sim. O sinal muito mais sério é o fato de que ela parece ter ficado com medo de alguém. Por acaso Molly reclamou disso com o senhor?

— Bem, sim. Ela disse uma ou duas vezes que... Ah, que pessoas a estavam seguindo.

— Hum! Espionando?

— Sim, ela usou esse termo uma vez. Disse que eles eram seus inimigos e que a estavam seguindo.

— Ela tem inimigos, Mr. Kendal?

— Não, claro que não.

— Nenhum incidente na Inglaterra, nada que soubesse sobre antes de terem se casado?

— Ah, não, nada assim. Ela não se dava muito bem com a família, só isso. A mãe era uma mulher um tanto excêntrica, difícil de conviver, talvez, mas...

— Algum sinal de instabilidade mental na família?

Tim abriu a boca e então a fechou. Pegou uma caneta-tinteiro que estava em cima da escrivaninha.

O médico disse:

— Devo insistir no fato de que seria melhor me contar, Tim, se for o caso.

— Bem, sim, acredito que sim. Nada sério, mas creio que havia uma tia ou algo parecido que era meio pancada. Mas isso não é nada. Digo, é o tipo de coisa que se encontra em quase toda família.

— Ah, sim, sim, isso é verdade. Não estou tentando deixá-lo alarmado, mas é que apenas poderia demonstrar uma tendência a... Bem, a ter um colapso ou imaginar coisas em face de algum estresse.

— Eu não sei muito, na realidade — disse Tim. — Afinal, as pessoas não descarregam todas as histórias familiares na gente, não é?

— Não, não. Ela não tem alguma amizade antiga... Não estava noiva de alguém que possa tê-la ameaçado ou feito ameaças invejosas? Esse tipo de coisa?

— Não sei, mas acho que não. Molly *estava* noiva de algum outro homem antes que eu aparecesse. Os pais dela eram contra ele, pelo que sei, e creio que ela se apegou ao camarada mais por força de oposição e desafio do que qualquer outra coisa. — Ele deu um meio-sorriso. — Você sabe como as coisas são quando se é jovem. Se as pessoas fazem um escarcéu, isso faz você se apegar muito mais a quem quer que seja.

O Dr. Graham sorriu também.

— Ah, sim, vemos disso com frequência. Não se deve fazer objeções aos amigos censuráveis de nossos filhos. Em geral, eles os superam naturalmente. Esse homem, quem quer que fosse, não fez ameaças de nenhum tipo contra Molly?

— Não, tenho certeza. Ela teria me dito. Ela mesma me falou que teve apenas uma paixonite adolescente por ele, muito em virtude de sua péssima reputação.

— Sim, sim. Bem, isso não parece sério. Agora, há outra coisa. Aparentemente, sua esposa tem tido o que ela chama de apagões. Breves passagens de tempo durante as quais não consegue dar conta de suas ações. Sabia disso, Tim?

— Não — respondeu ele devagar. — Não. Não sabia. Ela nunca me disse. Mas, agora que você mencionou isso, percebi que ela parecia um tanto vaga às vezes e... — Ele parou, pensativo. — Sim, isso explica. Eu não conseguia compreender como ela parecia se esquecer das coisas mais simples ou não parecia saber a hora do dia. Achei que estivesse apenas distraída, suponho.

— Considerando tudo, Tim, é o seguinte: eu o aconselho a levar sua esposa para ver um bom especialista.

Tim ficou vermelho de raiva.

— O senhor quer dizer um especialista da mente, suponho.

— Ora, não se incomode com rótulos. Um neurologista, um psicólogo, alguém especializado no que o homem comum chama de colapso nervoso. Há um bom profissional em Kingston. Ou em Nova York, é claro. Existe algo que está causando esses terrores nervosos em sua esposa. Algo talvez que ela mesma mal saiba a razão. Procure ajuda, Tim. Procure ajuda especializada assim que possível.

Ele repousou a mão sobre o ombro do rapaz e se levantou.

— Não há preocupação imediata. Sua esposa tem bons amigos e todos ficaremos de olho nela.

— Ela não vai... O senhor não acha que vai tentar outra vez?

— É bem improvável — disse o Dr. Graham.

— O senhor não tem certeza — observou Tim.

— Nunca se pode ter — respondeu o Dr. Graham. — Essa é uma das primeiras coisas que se aprende em minha profissão. — Outra vez ele pousou a mão sobre o ombro de Tim. — Não se preocupe demais.

—Falar é fácil — retrucou Tim, assim que o médico saiu pela porta. — *Não se preocupe*. Até parece! Do que ele pensa que sou feito?

Capítulo 21

Jackson fala sobre cosméticos

— Tem certeza de que não se importa, Miss Marple? — perguntou Evelyn Hillingdon.
— Nem um pouco, minha querida — disse Miss Marple.
— Fico muito feliz em ser útil. Em minha idade, você sabe, a gente se sente inútil no mundo. Especialmente quando estou em um lugar como este, apenas me divertindo. Nenhuma obrigação. Não, estou muito feliz de cuidar de Molly. Pode seguir em frente com seu passeio. Pelican Point, não?
— Sim. Tanto eu quanto Edward amamos. Nunca me canso de ver as aves mergulhando, pegando peixes. Tim está com Molly agora. Mas ele tem coisas a fazer e não gosta de deixá-la sozinha.
— Ele está certo — disse Miss Marple. — Eu não gostaria, no lugar dele. Nunca se sabe, não é? Quando alguém tenta algo desse tipo... Bem, pode ir, minha querida.

Evelyn saiu para se juntar ao pequeno grupo que a aguardava: seu marido, os Dyson e outras três ou quatro pessoas. Miss Marple conferiu seus apetrechos de tricô, viu que tinha tudo que queria e caminhou na direção do bangalô dos Kendal.

Ao subir na varanda, escutou a voz de Tim através da porta de vidro francesa entreaberta.

— Se você ao menos me dissesse *por que* fez isso, Molly. O que a motivou? Foi culpa minha? Deve haver alguma razão. Se ao menos você me dissesse.

Miss Marple parou. Houve um pequeno silêncio lá dentro antes de Molly falar. Sua voz soou monótona e cansada.

— Eu não sei, Tim. Não sei. Suponho... suponho que me veio algo.

Miss Marple bateu na janela e entrou.

— Ah, aí está a senhora, Miss Marple. É muita bondade sua.

— De modo algum — disse Miss Marple. — Fico muito feliz em ser de alguma serventia. Devo me sentar nessa cadeira aqui? Você parece estar melhor, Molly. Fico muito contente.

— Eu estou bem — respondeu Molly. — Bastante bem. Apenas... Ah, apenas sonolenta.

— Não vou falar nada — disse Miss Marple. — Só fique deitada e descanse. Vou continuar meu tricô.

Tim Kendal lançou-lhe um olhar de gratidão e saiu. Miss Marple se acomodou na cadeira.

Molly estava deitada sobre seu lado esquerdo. Tinha uma aparência exausta, meio estupefata. Ela falou em uma voz que era quase um sussurro:

— É muita gentileza sua, Miss Marple. Eu... eu acho que vou dormir.

Ela se virou em seu travesseiro e fechou os olhos. Sua respiração foi se tornando mais regular, ainda que estivesse longe do normal. Uma grande experiência como cuidadora fez Miss Marple quase automaticamente endireitar as cobertas e prendê-las debaixo do colchão em seu lado da cama. Quando o fez, sua mão encontrou algo duro e retangular embaixo do colchão. Um tanto surpresa, ela agarrou e puxou para fora. Era um livro. Miss Marple lançou um rápido olhar para a garota na cama, mas ela estava deitada e totalmente tranquila. Havia adormecido. Miss Marple abriu o livro. Era, ela viu, um estudo recente sobre doenças nervosas. Abriu-se naturalmente em um determinado ponto que dava a descrição dos sintomas de delírio persecutório e várias outras manifestações de esquizofrenia e queixas relacionadas.

Não era um livro técnico, poderia ser facilmente entendido por um leigo. O rosto de Miss Marple cresceu em seriedade à medida que lia. Após alguns minutos, fechou o livro e ficou pensando. Então se reclinou à frente e, com cuidado, repôs o livro onde o havia encontrado, embaixo do colchão. Ela balançou a cabeça com alguma perplexidade. Sem barulho, levantou-se da cadeira. Deu alguns passos na direção da janela, então virou a cabeça por sobre o ombro de repente. Os olhos de Molly estavam abertos, mas, enquanto Miss Marple fazia o movimento, eles se fecharam outra vez. Por alguns minutos, Miss Marple não tinha muita certeza se havia imaginado aquele olhar rápido e aguçado. Estaria Molly fingindo dormir? Isso seria suficientemente natural. Ela podia achar que Miss Marple começaria a conversar caso se mostrasse acordada. Sim, podia ser isso.

Estaria ela interpretando naquele olhar de Molly uma espécie de astúcia que fosse de alguma forma repreensível? Nunca se sabe, Miss Marple pensou consigo mesma, nunca se sabe.

Decidiu que tentaria ter uma palavrinha com o Dr. Graham assim que fosse possível. Então voltou para sua cadeira ao lado da cama. Decidiu, após uns cinco minutos ou mais, que Molly havia realmente dormido. Ninguém poderia se deitar tão reta, respirar com tanta regularidade. Miss Marple se levantou outra vez. Vestia suas alpargatas hoje. Talvez não fossem muito elegantes, mas eram admiravelmente adequadas ao clima, além de espaçosas e confortáveis para os pés.

Ela se moveu sem fazer barulho pelo quarto, parando em ambas as janelas, que davam para duas direções diferentes.

A área do hotel parecia silenciosa e deserta. Miss Marple voltou e ficou de pé, um pouco em dúvida quanto a se sentar de novo, quando pensou ter escutado um leve som do lado de fora. O arrastar de pés na varanda? Ela hesitou por um momento e então foi até a porta de vidro francesa, abriu-a um pouquinho, colocou um pé para fora e olhou para trás, para o quarto, enquanto falava.

— Vou dar uma saída rápida, querida — avisou —, só vou ali no meu bangalô, ver onde posso ter deixado aquele padrão. Eu tinha tanta certeza de tê-lo trazido comigo... Você vai ficar bem até eu voltar, não vai? — E então, com o rosto para a frente, assentiu para si mesma: — Dormiu, a pobrezinha. Que bom.

Miss Marple andou em silêncio ao longo da varanda, descendo os degraus e virando logo à direita da trilha. Um observador que passasse ao longo do biombo de arbustos de hibiscos teria ficado curioso ao ver que ela desviava bruscamente para o canteiro de flores, dava a volta por trás do bangalô e entrava nele pela segunda porta. Ela levava diretamente à saleta que Tim às vezes usava como escritório não oficial e, dali, da sala de estar.

Havia cortinas longas abertas pela metade para manter a sala fresca. Miss Marple se pôs detrás de uma. Então esperou. Da janela tinha uma boa visão de qualquer um que se aproximasse do quarto de Molly. Levaram alguns minutos, quatro ou cinco, antes que visse qualquer coisa.

A figura esguia de Jackson em seu uniforme branco subiu os degraus da varanda. Ele parou por um minuto ali, e então pareceu que dava uma leve batidinha na porta de vidro entreaberta. Não houve resposta audível para Miss Marple. Jackson olhou ao redor, um olhar rápido e furtivo, e então deslizou por entre as portas. Miss Marple se moveu para a porta que dava para o banheiro contíguo. As sobrancelhas dela se ergueram em ligeira surpresa. Refletiu por alguns minutos, e então caminhou para o corredor e para o banheiro pela outra porta.

Jackson girou nos calcanhares após examinar a prateleira sobre a pia. Ele pareceu desconcertado, o que não era surpresa.

— Ah — disse ele. — Eu, eu não...

— Mr. Jackson — disse Miss Marple.

— Eu imaginei que a senhora estaria por aqui em algum lugar.

— O senhor precisa de algo? — perguntou Miss Marple.

— Na verdade — disse Jackson —, estava apenas dando uma olhada na marca de creme facial de Mrs. Kendal.

Miss Marple apreciou o fato de que, como Jackson estava parado com o pote de creme facial em mãos, ele foi rápido em mencionar o fato.

— Cheiro bom — disse ele, contraindo o nariz. — Coisa muito boa, no que cabe a essas preparações. As marcas mais baratas não servem para qualquer pele. Bem provável que provoquem alergias. O mesmo com os pós faciais, às vezes.

— O senhor parece ter um grande conhecimento sobre o assunto — observou Miss Marple.

— Trabalhei no ramo farmacêutico por um tempo — falou Jackson. — A gente aprende um bocado sobre cosméticos lá. Coloque a coisa em um frasco estiloso, uma embalagem cara, e é surpreendente o que se consegue tirar das mulheres.

— Foi para isso que você...? — Miss Marple o interrompeu deliberadamente.

— Bem, não, não vim aqui para falar de cosméticos — disse Jackson.

Não teve muito tempo para pensar em uma mentira, pensou Miss Marple. *Vamos ver como se sai.*

— Na verdade, Mrs. Walters emprestou seu batom para Mrs. Kendal outro dia. Vim para pegá-lo de volta. Bati na janela e vi que Mrs. Kendal dormia profundamente, então pensei que não teria problema entrar no banheiro e procurar por ele.

— Entendo — disse Miss Marple. — E encontrou?

Jackson balançou a cabeça.

— Provavelmente está em uma das bolsas dela. Não vou me dar ao trabalho. Mrs. Walters não faz tanta questão assim. Ela apenas mencionou de maneira casual. — Ele continuou, observando os produtos do banheiro: — Ela não tem muita coisa, não é? Ah, bem, na idade dela não precisa. A pele ainda é boa.

— Você deve observar as mulheres com um olhar bastante diferente dos homens comuns — disse Miss Marple, sorrindo, agradável.

— Sim. Suponho que vários trabalhos alteram o ângulo de alguém.

— Entende bem de remédios?

— Ah, sim. Muita familiaridade de trabalho com eles. Se me perguntar, há muitos hoje em dia. Diversos calmantes, pílulas estimulantes, remédios milagrosos e tudo o mais. Tudo bem quando são prescritos com receita, mas há muitos que podem ser obtidos de outro modo. E alguns podem ser perigosos.

— Imagino que sim — disse Miss Marple.

— Eles têm bastante efeito, sabe, sobre o comportamento. Muito dessa histeria adolescente que se vê de tempos em tempos. Não são causas naturais. Os jovens andam tomando coisas. Ah, isso não é novidade. Sabe-se há tempos. No Oriente, não que eu tenha estado lá, costuma acontecer todo tipo de coisa esquisita. A senhora ficaria surpresa com algumas das coisas que as mulheres dão aos maridos. Na Índia, por exemplo, nos maus tempos, quando uma jovem esposa se casasse com um marido velho. Não ia querer se livrar dele, porque seria queimada na pira fúnebre, ou, se não fosse queimada viva, seria tratada como pária pela família. Não era bom ser uma viúva na Índia naqueles tempos. Mas ela poderia manter um marido idoso sob o efeito de drogas, fazer do sujeito um imbecil, causando-lhe alucinações, deixando-o mais ou menos pirado. — Ele balançou a cabeça. — Sim, uma coisa bem feia. — E continuou: — E as bruxas? Há um bocado de coisas interessantes que se sabe hoje sobre as bruxas. Por que elas sempre confessavam? Por que sempre admitiam tão rápido que *eram* bruxas, que tinham voado em vassouras no sabá das bruxas?

— Tortura — respondeu Miss Marple.

— Nem sempre — disse Jackson. — Ah, sim, tortura dá conta de boa parte, mas elas vinham com algumas dessas confissões quase antes da tortura ser mencionada. Não confessavam tanto quanto se *gabavam* disso. Bem, elas se esfregavam com óleos. Unção, é como chamavam. Alguns dos preparativos, beladona, atropina, todo esse tipo de coisa; se você esfregá-los na pele, eles lhe dão alucinações de levitação, de voo. Elas pensavam que era tudo genuíno, pobres coitadas. E veja só os assassinos, aquela gente da Idade Média, lá pela Síria, pelo Líbano, algum lugar assim. Eles comiam cânhamo indiano, que lhes dava alucinações do Paraíso, húris e tempo infinito. Diziam a eles que isso era o que lhes aconteceria após a morte, mas que, para alcançá-la, teriam que cometer um assassinato ritualístico. Ah, não estou enfeitando as palavras, mas isso é o resumo.

— O resumo — disse Miss Marple — é, em essência, o fato de que as pessoas são altamente crédulas.

— Bem, sim, acho que se pode dizer isso.

— Elas acreditam no que lhes dizem — falou Miss Marple.

— Somos todos inclinados a tal coisa — acrescentou ela, e então perguntou, brusca: — Quem lhe contou essas histórias sobre a Índia, sobre dopar os maridos com datura? — E fez outra pergunta, antes que ele pudesse responder: — Foi o Major Palgrave?

Jackson pareceu ligeiramente surpreso.

— Bem... Para falar a verdade, foi. Ele me contou um monte de histórias como essa. É claro que muitas devem ter sido antes da época dele, mas o homem parecia conhecer um bocado a respeito.

— O Major Palgrave parecia acreditar que sabia um bocado sobre tudo — disse Miss Marple. — Mas não raro era impreciso no que contava aos outros. — Ela balançou a cabeça, pensativa. — O Major Palgrave tem muito pelo que responder.

Houve um som baixinho no quarto contíguo. Miss Marple virou a cabeça e foi depressa para o cômodo. Lucky Dyson estava parada do lado de dentro da porta de vidro.

— Eu... Ah! Não pensei que estivesse aqui, Miss Marple.

— Dei um pulinho no banheiro por um instante — disse Miss Marple, com dignidade e leves ares de resguardo vitoriano.

No banheiro, Jackson sorriu. A modéstia vitoriana sempre o impressionava.

— Eu apenas estava me perguntando se a senhora não gostaria que eu ficasse um pouco com Molly — sugeriu Lucky, olhando por cima da cama. — Ela está dormindo, não?

— Creio que sim — disse Miss Marple. — Mas está tudo bem. Vá e se divirta, querida. Pensei que tivesse saído naquele passeio.

— Eu ia — disse Lucky. — Mas tive uma dor de cabeça tão ruim que, na última hora, desisti. Então pensei que talvez pudesse me fazer útil.

— É muita gentileza sua — disse Miss Marple. Ela sentou-se de novo ao lado da cama e retomou seu tricô. — Mas estou bem *feliz* aqui.

Lucky hesitou por alguns instantes e então virou-se e foi embora. Miss Marple esperou um pouco e depois caminhou na ponta dos pés até o banheiro, mas Jackson havia partido, sem dúvida pela outra porta. Miss Marple pegou o pote de creme facial que ele estivera segurando e o pôs no bolso.

Capítulo 22

Um homem em sua vida?

Ter uma conversinha de modo natural com o Dr. Graham não foi tão fácil quanto Miss Marple esperava. Ela estava particularmente ansiosa em não abordá-lo de forma direta, uma vez que não queria dar importância indevida à questão que ia lhe perguntar. Tim estava de volta, cuidando de Molly, e Miss Marple se programou para substituí-lo durante a hora do jantar, quando ele seria necessário no salão. Ele garantiu que Mrs. Dyson estava disposta a cuidar disso, ou mesmo Mrs. Hillingdon, mas Miss Marple afirmou que elas eram ambas mulheres jovens que gostavam de se divertir e que ela preferia um jantar leve mais cedo, e que isso seria bom para todos. Tim mais uma vez lhe agradeceu. Flanando um tanto incerta ao redor do hotel e nos caminhos que o ligavam com os vários bangalôs, dentre os quais o do Dr. Graham, Miss Marple tentou planejar o que faria a seguir.

Tinha um monte de ideias confusas e contraditórias em sua cabeça, e se havia algo de que Miss Marple não gostava era de ter ideias confusas e contraditórias. Todo esse negócio havia começado de modo claro. O Major Palgrave com sua lamentável capacidade de contar histórias, sua indiscrição que obviamente havia sido escutada e o corolário, sua morte dentro de 24 horas. Nada difícil quanto a *isso*, pensou Miss Marple.

Mas depois, ela foi forçada a admitir que não havia nada *senão* dificuldades. Tudo apontava para muitas direções diferentes. Uma vez que se admita não acreditar em uma só palavra do que nos é dito, que não se pode confiar em ninguém e que muitas das pessoas com quem ela conversou ali tinham semelhanças lamentáveis com certas pessoas em St. Mary Mead, onde isso a levava?

Sua mente estava incrivelmente focada na vítima. Alguém estava prestes a ser assassinado e ela tinha a sensação crescente que devia saber quem seria. Houvera *alguma coisa*. Algo que ela escutara? Percebera? Vira?

Algo que alguém lhe disse e que tinha relação com o caso. Joan Prescott? Joan Prescott falou um bocado de coisas sobre um bocado de gente. Escândalo? Fofoca? O que exatamente Joan Prescott *dissera*?

Gregory Dyson, Lucky... A mente de Miss Marple pairava sobre Lucky. Miss Marple estava convencida, com uma certeza nascida de suas suspeitas naturais, que Lucky estivera ativamente envolvida na morte da primeira esposa de Gregory Dyson. Tudo apontava para isso. Poderia ser o caso da vítima predestinada com a qual ela se preocupava ser Gregory Dyson? Que Lucky pretendesse tentar a sorte outra vez com um segundo marido, e por esse motivo não quisesse apenas liberdade, mas a bela herança que ganharia como viúva de Gregory Dyson?

— Mas sinceramente — disse Miss Marple para si mesma —, isso tudo é pura conjetura. Estou sendo idiota. Sei que estou. A verdade deve ser bastante simples. Se alguém pudesse apenas afastar essa bagunça... Está tudo muito bagunçado, essa é a questão.

— Falando sozinha? — perguntou Mr. Rafiel.

Miss Marple deu um pulo. Ela não havia percebido a aproximação. Esther Walters o apoiava e ele vinha devagar de seu bangalô para o terraço.

— Não notei o senhor, Mr. Rafiel.

— Seus lábios estavam se movendo. O que houve com toda aquela urgência?

— Ainda é urgente — disse Miss Marple. — Só que não consigo ver algo que deveria ser perfeitamente claro.

— Fico feliz que seja assim tão simples. Bem, se quiser minha ajuda, conte comigo.

Ele virou a cabeça quando Jackson se aproximou pela trilha.

— Aí está você, Jackson. Onde raios esteve? Nunca está por perto quando preciso.

— Desculpe, Mr. Rafiel.

Ele passou seu ombro por baixo do braço de Mr. Rafiel.

— Até o terraço, senhor?

— Leve-me até o bar — disse Mr. Rafiel. — Tudo bem, Esther, você pode ir agora e se trocar para seu traje noturno. Encontre-me no terraço em meia hora.

Os homens saíram juntos. Mrs. Walters se sentou na cadeira ao lado de Miss Marple. Ela esfregou os braços gentilmente.

— Ele *parece* ser leve — observou ela —, mas, por ora, meus braços estão bastante dormentes. Não a vi essa tarde toda, Miss Marple.

— Não, estive fazendo companhia a Molly — explicou Miss Marple. — Ela realmente parece melhor.

— Se me perguntar, nunca houve nada de errado com ela — disse Esther Walters.

Miss Marple ergueu as sobrancelhas. Decididamente, o tom de Esther Walters fora seco.

— Você quer dizer... Acha que a tentativa de suicídio dela...

— Não acho que tenha havido tentativa de suicídio alguma — disse Esther Walters. — Não acredito nem por um momento que ela tenha tomado uma overdose e acho que o Dr. Graham sabe perfeitamente disso.

— Agora você provocou meu interesse — disse Miss Marple. — Me pergunto por que diz isso.

— Porque estou quase certa de que seja o caso. Ah, é uma coisa que acontece com bastante frequência. É um modo, suponho, de chamar a atenção para si — falou Esther Walters.

— "Vai se arrepender quando eu morrer?" — citou Miss Marple.

— Exato — concordou Esther Walters. — Ainda que não ache que esse tenha sido o motivo no caso em particular. Esse é o tipo de coisa que você se sente compelida a fazer quando seu marido está brincando com você e você se vê terrivelmente apaixonada por ele.

— Não acha que Molly goste do marido?

— Bem — disse Esther Walters —, a senhora acha?

Miss Marple pensou a respeito.

— Eu tinha — disse ela — mais ou menos presumido isso. — Ela parou por um momento antes de acrescentar. — Talvez erroneamente.

Esther dava seu sorriso um tanto irônico.

— Escutei um pouco sobre ela, sabe. Sobre a coisa toda.

— De Miss Prescott?

— Ah — disse Esther. — De uma ou duas pessoas. Há um homem na história. Alguém de quem ela gostava. Mas a família era contra ele.

— Sim. Escutei isso também.

— E então ela se casou com Tim. Talvez gostasse dele de algum modo. Mas o outro homem não desistiu. Eu me perguntei se ele não a teria seguido até aqui.

— É mesmo. Mas… quem?

— Não faço ideia — respondeu Esther. — E posso imaginar que os dois estejam sendo bastante cuidadosos.

— Você acha que ela se importa com esse outro homem?

Esther deu de ombros.

— Arrisco dizer que ele não presta — disse Esther. — Mas com frequência é do tipo que sabe como levar uma mulher no papo e seguir levando.

— Você nunca escutou que tipo de homem... o que ele fazia... nada assim?

Esther balançou a cabeça.

— Não. As pessoas arriscam palpites, mas não se pode fiar nesse tipo de coisa. Ele pode ter sido um homem casado. Pode ter sido por isso que a família não gostasse dele. Ou pode ter sido mau-caráter. Talvez bebesse. Talvez estivesse encrencado com a lei... Não sei. Mas ela ainda se importa com ele. Isso é certo.

— Você viu ou ouviu alguma coisa? — perguntou Miss Marple.

— Sei do que estou falando — disse Esther com uma voz dura e inamistosa.

— Esses assassinatos... — falou Miss Marple.

— Você não consegue esquecê-los, não? — disse Esther.

— Conseguiu enroscar Mr. Rafiel todinho nessa história. Será que não pode apenas... deixar passar? Nunca descobrirá mais nada, garanto.

Miss Marple a encarou.

— Você acha que sabe, não é?

— Eu acho que sei, sim. Tenho bastante certeza.

— Então não deveria contar o que sabe, fazer algo a respeito?

— Por quê? Que bem isso traria? Não posso provar nada. E o que aconteceria, de qualquer modo? As pessoas se livram tão facilmente das coisas hoje em dia. Chamam de responsabilidade atenuada. Alguns anos na prisão, e você sai de novo, tão certo quanto a chuva.

— Suponha que, se você não contar o que sabe, alguém mais pode morrer... outra vítima?

Esther balançou a cabeça com confiança.

— Isso não vai acontecer.

— Não há como ter certeza.

— Eu tenho. E, de todo modo, não vejo quem... — Ela franziu a testa. — Enfim — disse, quase inconsequente —, talvez *seja* responsabilidade atenuada. Talvez você não possa evitar, não se for ruim da cabeça. Ah, não sei. De longe a melhor coisa seria se ela fosse embora com quem quer que fosse. Então poderíamos todos deixar o caso para trás.

Ela olhou para o relógio, soltou uma exclamação de espanto e se levantou.

— Preciso ir me trocar.

Miss Marple ficou sentada, observando-a. Os pronomes, ela pensou, eram sempre intrigantes, e mulheres como Esther Walters eram particularmente propensas a semeá-los ao acaso. Estaria ela, por algum motivo, convencida de que uma *mulher* havia sido a responsável pelas mortes do Major Palgrave e de Victoria? É o que parecia. Miss Marple refletiu.

— Ah, Miss Marple, sentada aqui sozinha... e nem mesmo tricotando?

Era o Dr. Graham, por quem ela procurara tanto e tão sem sucesso. E lá estava ele, preparado por sua vontade própria para se sentar em uma conversa de alguns minutos. Ele não ficaria muito tempo, Miss Marple pensou, porque também precisaria se trocar para o jantar, e, em geral, jantava bastante cedo. Ela explicou que estivera sentada ao lado da cama de Molly Kendal naquela tarde.

— Mal consigo acreditar que ela teve uma recuperação tão boa e tão rápida — falou.

— Ah, bem — disse o Dr. Graham. — Não é de surpreender. Ela não tomou uma overdose muito pesada.

— Ah, tinha entendido que ela tomara quase meio frasco.

O Dr. Graham estava sorrindo indulgente.

— Não — disse ele. — Não acho que ela tenha tomado tudo isso. Arrisco dizer que pretendia tomá-los, e então, na última hora, jogou metade deles fora. As pessoas, mesmo quando pensam em cometer suicídio, não *querem* fazer isso necessariamente. Elas dão um jeito de não tomar uma overdose completa. Nem sempre é um truque deliberado, é o subconsciente cuidando de si.

— Ou talvez seja deliberado. Digo, querendo que pareça que... — Miss Marple se interrompeu.

— É possível — disse o Dr. Graham.

— Caso ela e Tim tenham tido uma briga, por exemplo?

— Eles não brigam. Gostam muito um do outro. Ainda assim, suponho que sempre pode acontecer de vez em quando. Não, não acho que haja algo muito errado com ela agora. Mrs. Kendal poderia muito bem levantar e andar por aí como de costume. Ainda assim, é mais seguro que fique em repouso por um ou dois dias.

Ele se levantou, acenou alegremente e saiu na direção do hotel. Miss Marple voltou a se sentar.

Vários pensamentos passaram por sua cabeça: o livro debaixo do colchão de Molly, o modo como havia caído no sono...

Coisas que Joan Prescott e Esther Walters disseram...

E então retornou para o começo de tudo: para o Major Palgrave.

Algo se debatia em sua mente. Algo sobre o Major Palgrave.

Algo que se ela ao menos conseguisse se lembrar...

Capítulo 23

O último dia

— *Houve uma tarde e uma manhã: último dia* — disse Miss Marple para si mesma.

Então, ligeiramente confusa, ela se endireitou outra vez em sua cadeira. Havia cochilado, uma coisa incrível de se fazer, porque a banda de metais estava tocando, e qualquer um que conseguisse cochilar com aquele barulho... bem, indicava, pensou Miss Marple, que ela estava se acostumando ao lugar! O que ela estava dizendo? Alguma citação que rememorou errada. Último dia? *Primeiro* dia. É como deveria ser. Aquele não era o primeiro dia. Tampouco seria o último, presumivelmente.

Ela se endireitou de novo. O fato era que estava extremamente cansada. Toda essa ansiedade, essa sensação de ter sido inadequada de algum modo... Outra vez teve a desagradável lembrança daquele olhar de esguelha que Molly lhe lançou pelas pálpebras entreabertas. O que estava acontecendo na cabeça daquela menina? Quão diferente, pensou Miss Marple, tudo parecera no início. Tim Kendal e Molly, um casal tão jovem e feliz.

Os Hillingdon tão agradáveis, tão bem-educados, tão aquilo que é chamado de "gente de bem". O extrovertido, alegre e caloroso Greg Dyson, e a alegre estridência de Lucky, falando pelos cotovelos, satisfeita consigo mesma e com o mundo. Um quarteto de pessoas tão amigável. O Cônego Prescott, aquele homem genial e bondoso. Joan Prescott, com sua veia ácida, mas uma mulher gentil, e mulheres gentis precisam ter suas fofocas distrativas. Precisam saber o que está acontecendo, saber quando dois e dois são quatro, e quando é possível esticá-los até cinco! Não há mal em mulheres assim. Suas línguas açoitam, mas elas são bondosas se você estiver com problemas. Mr. Rafiel, uma personalidade dura, um homem de caráter, completamente inesquecível. Mas Miss Marple pensou que sabia algo a respeito de Mr. Rafiel. Os médicos o haviam desenganado com frequência, assim dissera, mas, dessa vez, ela pensou, eles foram mais assertivos em seus diagnósticos. Mr. Rafiel sabia que seus dias estavam contados.

Com essa certeza, teria alguma ação que ele tivesse sido propenso a tomar?

Miss Marple refletiu sobre o assunto.

"Isso pode ser importante", ela pensou.

O que foi exatamente que ele dissera, sua voz um pouco alta, um pouco confiante demais? Miss Marple era habilidosa com tons de voz. Ela já havia escutado muitos em sua vida.

Mr. Rafiel estivera lhe contando uma inverdade.

Miss Marple olhou ao redor. O ar noturno, a fragrância suave das flores, as mesas com suas velas, as mulheres em seus belos vestidos. Evelyn em um estampado branco e índigo escuro, Lucky em um vestido claro, o cabelo dourado brilhando. Todo mundo parecia alegre e cheio de vida esta noite. Até mesmo Tim Kendal sorria. Ele passou pela mesa dela e disse:

— Não tenho como lhe agradecer por tudo que a senhora fez. Molly praticamente voltou ao normal. O doutor disse que ela pode se levantar amanhã.

Miss Marple sorriu para ele e disse que isso era bom de se ouvir. Contudo, achou bastante difícil o esforço de sorrir. Decididamente, estava cansada.

Ela se levantou e caminhou devagar para seu bangalô. Ela teria gostado de continuar pensando, resolvendo charadas, tentando lembrar, tentando juntar vários fatos, palavras e olhares. Mas não era capaz de fazer isso. A mente cansada se rebelava. Dizia: "Durma! Você precisa dormir!"

Miss Marple tirou o vestido, foi para a cama, leu alguns versos de Tomás de Kempis que ela mantinha no criado-mudo e desligou sua lâmpada. Na escuridão, fez uma oração. Não se pode fazer tudo sozinha. Deve-se ter ajuda.

— Nada vai acontecer esta noite — murmurou, esperançosa.

Miss Marple acordou de repente e sentou-se na cama. Seu coração estava acelerado. Ela acendeu a luz e olhou para o relógio ao lado da cama. Duas da madrugada. Duas da madrugada e, do lado de fora, estava ocorrendo algum tipo de atividade. Ela se levantou, colocou o robe, os chinelos e uma echarpe de lã ao redor da cabeça e saiu para ver. Havia pessoas andando com tochas. Entre elas, viu o Cônego Prescott e foi até ele.

— O que está acontecendo?

— Ah, Miss Marple? É Mrs. Kendal. Seu marido acordou, viu que ela havia saído da cama e sumido. Estamos procurando por ela.

Ele se apressou. Miss Marple caminhou mais devagar atrás dele. Onde Molly teria ido? E por quê? Teria ela planejado isso deliberadamente, escapulir assim que a vigia fosse relaxada, e enquanto seu marido estivesse dormindo? Miss Marple achou que era provável. Mas por quê? Qual era a razão? Haveria, como Esther Walters insinuara, outro homem? Se sim, quem poderia ser esse sujeito? Ou haveria uma razão mais sinistra?

Miss Marple caminhou, olhando ao redor, espiando sobre os arbustos. Então, de repente, escutou um chamado distante:

— Aqui... por aqui...

O chamado vinha de certa distância além do terreno do hotel. Devia ser, pensou Miss Marple, perto do curso d'água que corria para o mar. Ela foi naquela direção o mais depressa possível.

Na realidade, não havia tantos à procura quanto lhe pareceu à primeira vista. A maioria das pessoas ainda devia estar dormindo em seus bangalôs. Viu um local na margem do riacho onde havia pessoas paradas. Alguém a empurrou ao passar, quase a derrubando, correndo naquela direção. Era Tim Kendal. Minutos depois, Miss Marple escutou sua voz aos gritos:

— Molly! Meu Deus, Molly!

Levou um minuto ou dois até que Miss Marple fosse capaz de se juntar ao grupinho. Consistia de um dos garçons cubanos, Evelyn Hillingdon e duas das garotas nativas. Eles deram espaço para deixar Tim passar. Miss Marple chegou quando ele estava se inclinando para olhar.

— Molly... — Ele caiu de joelhos devagar.

Miss Marple viu claramente o corpo da garota deitado ali, seu rosto abaixo do nível da água, seu cabelo dourado espalhado sobre o xale verde-claro bordado que cobria seus ombros. Com as folhas e a correnteza do riacho, parecia-se quase como uma cena de *Hamlet* com Molly representando Ofélia morta.

Quando Tim esticou a mão para tocá-la, a quieta e sensata Miss Marple assumiu o comando e falou com severidade e autoridade.

— Não toque nela, Mr. Kendal — alertou. — Ela não deve ser movida.

Tim se virou para a idosa, espantado.

— Mas... eu preciso. É Molly. Eu preciso...

Evelyn Hillingdon tocou em seu ombro.

— Ela está morta, Tim. Eu não a movi, mas senti seu pulso.

— Morta? — disse ele, incrédulo. — Morta? Está querendo dizer que ela... se *matou afogada*?

— Receio que sim. É o que parece.

— Mas *por quê*? — Um grito alto estourou do rapaz. — *Por quê?* Ela estava tão feliz hoje mais cedo. Falando sobre o que faríamos amanhã. Por que essa horrível pulsão de morte a tomou outra vez? Por que ela teria fugido, correndo no meio da noite, descido até aqui e se afogado? Que desespero havia nela, que miséria... Por que ela não me *disse* nada?

— Não sei, meu querido — disse Evelyn, gentilmente. — Não sei.

Miss Marple falou:

— É melhor alguém buscar o Dr. Graham. E precisamos chamar a polícia.

— A polícia? — Tim soltou uma risada amarga. — O que eles poderiam fazer?

— A polícia precisa ser notificada em caso de suicídio — disse Miss Marple.

Tim se pôs de pé devagar.

— Vou chamar Graham — disse ele, grave. — Talvez... mesmo agora... ele possa... fazer alguma coisa.

Ele saiu tropeçando na direção do hotel.

Evelyn Hillingdon e Miss Marple ficaram lado a lado olhando para o cadáver.

Evelyn balançou a cabeça.

— É tarde demais. Ela está fria. Deve estar morta há pelo menos uma hora, talvez mais. Que tragédia. Aqueles dois pareciam tão felizes. Suponho que ela sempre tenha sido desequilibrada.

— Não — retrucou Miss Marple. — Não acho que fosse.

Evelyn olhou para ela com curiosidade.

— Como assim?

A lua, que estivera atrás de uma nuvem, agora surgia a céu aberto. Brilhou prateada e luminescente no cabelo espalhado de Molly.

Miss Marple soltou um súbito suspiro. Ela se recurvou, observando, e então esticou a mão para tocar o cabelo dourado. Falou com Evelyn Hillingdon, e sua voz soou bastante diferente.

— Acho — disse ela — que é melhor termos certeza.

Evelyn Hillingdon a encarou com assombro.

— Mas não foi você mesma que disse a Tim que não devemos tocar em nada?
— Eu sei. Mas a lua estava encoberta. Eu não tinha visto... Seu dedo apontou. Então, com muito cuidado, ela tocou o cabelo louro e o repartiu, de modo que as raízes foram expostas.
Evelyn soltou um suspiro grave.
— Lucky!
E então, após um instante, repetiu:
— Não é Molly... É Lucky.
Miss Marple assentiu.
— O cabelo delas era da mesma cor, mas o dela, é claro, era escuro nas raízes por ser pintado.
— Mas como ela estava vestindo o xale de Molly?
— Ela o achava lindo. Ouvi-a dizendo que ia comprar um igual. Evidentemente conseguiu.
— Então foi assim que fomos... enganadas.
Evelyn se interrompeu quando percebeu os olhos de Miss Marple a observando.
— Alguém — falou Miss Marple — terá que contar ao marido dela.
Houve um momento de silêncio, então Evelyn disse:
— Tudo bem. Eu faço isso.
Ela se virou e foi embora por entre as palmeiras.
Miss Marple permaneceu imóvel por um momento, então virou a cabeça muito de leve, e disse:
— Pois não, Coronel Hillingdon?
Edward Hillingdon saiu do meio das palmeiras atrás dela e se pôs ao seu lado.
— A senhora sabia que eu estava aqui?
— O senhor fez sombra — disse Miss Marple.
Os dois ficaram em silêncio por um momento.
Ele falou como se estivesse dizendo para si mesmo:
— Então, no fim das contas, ela forçou sua sorte um pouco demais...

— O senhor está, suponho, feliz por ela estar morta?

— E isso a deixa chocada? Bem, não vou negar. Estou feliz por ela estar morta.

— Não raro a morte é uma solução para problemas.

Edward Hillingdon virou a cabeça devagar. Miss Marple o encarou com calma e firmeza.

— Se a senhora acha... — Ele deu um passo firme na direção dela.

Havia uma súbita ameaça em seu tom.

Miss Marple falou calmamente:

— Sua esposa estará de volta com Mr. Dyson em um instante. Ou Mr. Kendal estará aqui com o Dr. Graham.

Edward Hillingdon relaxou. Ele se virou para olhar para o corpo.

Miss Marple afastou-se em silêncio. Aos poucos acelerou o passo.

Logo após alcançar o próprio bangalô, parou. Foi ali que ela estava sentada naquele último dia enquanto conversava com o Major Palgrave. Foi ali que ele mexeu na carteira procurando pela fotografia de alguém que havia cometido um assassinato.

Ela lembrava como ele havia olhado para cima, e como seu rosto ficara púrpura e vermelho. "Tão feio", como disse a *señora* De Caspearo. "Ele tem mau-olhado."

Mau-olhado... olhado... *olho*...

Capítulo 24

Nêmesis

Quaisquer que fossem os alertas noturnos, Mr. Rafiel não os escutara. Ele dormia em sono profundo na cama, um leve ronco vindo de suas narinas, quando foi segurado pelos ombros e sacudido violentamente.

— Ei... que... que raios é isso?

— Sou eu — disse Miss Marple, uma vez ao menos sendo pouco tagarela —, ainda que eu devesse colocar de modo mais forte que isso. Os gregos, creio, tinham uma palavra para isso. Nêmesis, se não estou enganada.

Mr. Rafiel se ergueu tanto quanto podia. Ele a encarou. Miss Marple, parada ali ao luar, a cabeça emoldurada por uma echarpe macia de lã rosa-pálido, parecia uma figura de Nêmesis tão improvável quanto seria possível imaginar.

— Então você é Nêmesis, é? — perguntou Mr. Rafiel, após uma pausa momentânea.

— Eu espero ser... com sua ajuda.

— Você se importa de me contar por que está falando assim no meio da noite?

— Talvez tenhamos que agir depressa. Muito depressa. Fui tola. Extremamente tola. Eu devia ter sabido desde o começo do que se tratava isso tudo. Era tão simples.

— O que era simples, do que está falando?

— O senhor dormiu durante a maior parte dos eventos — disse Miss Marple. — Um corpo foi encontrado. Pensamos a princípio que fosse Molly Kendal. Não era, era Lucky Dyson. Afogada no córrego.

— Lucky, hein? — disse Mr. Rafiel. — Afogada? No riacho. Ela fez isso sozinha ou alguém...?

— Alguém a afogou — respondeu Miss Marple.

— Entendi. Ao menos acho que sim. Era o que queria dizer ao falar que era tão simples, não é? Greg Dyson sempre foi a primeira possibilidade. E era a correta. É isso? É isso que está pensando? E tem medo de que ele possa se safar dessa.

Miss Marple respirou fundo.

— Mr. Rafiel, vai confiar em mim ou não? Nós temos que impedir que mais um assassinato seja cometido.

— Pensei que um *já havia* sido cometido.

— Aquele assassinato foi cometido por engano. Outro assassinato pode vir a ser cometido a qualquer momento a partir de agora. Não há tempo a perder. Temos que impedir. Precisamos ir já.

— É muito fácil falar assim — disse Mr. Rafiel. — *Nós*, você diz? O que acha que *eu* posso fazer a respeito? Não consigo nem andar sem ajuda. Como eu e você vamos prevenir um assassinato? Você é quase uma centenária e eu sou um velhaco todo torto.

— Eu estava pensando em Jackson — falou Miss Marple. — Jackson vai fazer o que o senhor disser que ele faça, não vai?

— Vai — concordou Mr. Rafiel. — Especialmente se eu acrescentar que farei valer a pena. É isso que quer?

— Sim. Diga a ele para vir comigo e para obedecer às ordens que eu lhe der.

Mr. Rafiel a observou por cerca de seis segundos. Então disse:

— Feito. Imagino que esteja assumindo o maior risco de minha vida. Bem, não seria a primeira vez. — Ele elevou a voz: — Jackson! — Ao mesmo tempo, pegou a campainha elétrica que ficava ao lado de sua mão e pressionou o botão.

Mal haviam se passado trinta segundos quando Jackson aparecer pela porta que se conectava ao quarto contíguo.

— O senhor chamou e tocou a campainha? Algo errado? — perguntou ele, olhando para Miss Marple.

— Agora, Jackson, faça como eu lhe disser. Você acompanhará essa senhora, Miss Marple. Você vai onde ela o levar e fará exatamente o que ela disser. Obedeça a cada ordem que ela lhe der. Está entendido?

— Eu...

— *Está entendido?*

— Sim, senhor.

— E, por fazer isso — disse Mr. Rafiel —, não sairá perdendo. Farei com que valha a pena.

— Obrigado, senhor.

— Venha comigo, Jackson — disse Miss Marple. Ela falou por cima do ombro para Mr. Rafiel. — Pediremos a Mrs. Walters para vir encontrá-lo. Para tirá-lo da cama e levá-lo junto.

— Me levar para onde?

— Para o bangalô dos Kendal — disse Miss Marple. — Creio que Molly voltará para lá.

Molly veio pela trilha ao longo do mar. Seus olhos estavam fixos à frente. Ocasionalmente, entre uma respiração e outra, ela soltava um choramingo.

Subiu os degraus da varanda, parou por um instante, então empurrou a porta de vidro e entrou no quarto. As luzes estavam acesas, mas o quarto em si estava vazio. Molly foi até a cama e se sentou. Ficou assim por alguns minutos, vez por outra passando a mão na testa e franzindo.

Então, após um rápido olhar furtivo ao redor, meteu a mão por debaixo do colchão e puxou o livro que estava escondido ali. Recurvou-se sobre ele, virando as páginas para encontrar o que queria.

Depois, ergueu a cabeça quando um som de passos rápidos surgiu de fora. Com um rápido movimento culposo, empurrou o livro para as costas.

Tim Kendal, ofegante e sem fôlego, entrou e soltou um grande suspiro de alívio ao vê-la.

— Graças a Deus. Onde você esteve, Molly? Estive procurando você por toda parte.

— Eu fui até o córrego.

— Você foi... — Ele parou.

— Sim. Fui até o córrego. Mas não podia esperar lá. Não podia. Havia alguém na água... uma pessoa morta.

— Você quer dizer... Você sabe que pensei que era *você*? Eu descobri há pouco que era Lucky, não você.

— Eu não a matei. Realmente não a matei, Tim. Tenho certeza de que não. Digo... Eu lembraria se tivesse, não lembraria?

Tim afundou devagar na ponta da cama.

— Você não... tem certeza? Não. Não, é claro que não foi você! — Ele praticamente gritou as palavras. — Não comece a pensar assim, Molly. Lucky se afogou. É claro que se afogou. Edward estava cansado dela. Ela foi lá e se deitou com o rosto na água.

— Lucky não faria isso. Nunca faria isso. Mas *eu* não a matei. Juro que não fiz isso.

— Querida, é claro que não foi você. — Ele colocou os braços ao redor dela, mas Molly o afastou.

— Eu odeio este lugar. Deveria ser só luz do sol. Parecia ser só luz do sol. Mas não é. Em vez disso, tem uma sombra, uma grande sobra negra... E eu estou nela... E não consigo sair.

A voz dela se ergueu em um grito.

— Silêncio, Molly. Pelo amor de Deus, silêncio! — Ele foi até o banheiro e voltou com um copo. — Beba isso. Vai acalmá-la.

— Eu... não posso beber nada. Meus dentes estão batendo muito.

— Sim, você consegue, querida. Sente-se. Aqui, na cama. — Tim pôs os braços ao redor dela. Ele aproximou o copo dos lábios dela. — Aqui está, agora. Beba.

Uma voz falou da janela.

— Jackson — disse Miss Marple, com clareza. — Vá lá. Tire aquele copo dele e o segure com força. Tome cuidado. Ele é forte e pode estar desesperado.

Havia certos pontos a favor de Jackson. Ele era um homem com um grande amor por dinheiro, e dinheiro lhe fora prometido por seu empregador, o empregador sendo um homem de estatura e autoridade. Ele também era um sujeito de extremo desenvolvimento muscular, aumentado por treinamento físico. Não do tipo que pensa, mas do tipo que faz. Ele cruzou o quarto rápido como um raio. Sua mão foi para o copo que Tim segurava contra os lábios de Molly, seu outro braço enredeou-se em Tim. Uma rápida torção do pulso e ele tinha o copo. Tim se virou para ele com selvageria, mas Jackson o segurou firme.

— Que diabo... Me solte! Me solte! Ficou louco? O que está fazendo?

Tim se debatia com violência.

— Segure-o, Jackson — disse Miss Marple.

— O que está acontecendo? O que é isso? — perguntou Mr. Rafiel.

Com o auxílio de Esther Walters, Mr. Rafiel entrou pela porta de vidro.

— O senhor quer saber o que está acontecendo? — gritou Tim. — Seu criado ficou doido, doido de pedra, é isso que está acontecendo. Diga a ele para me soltar.

— Não — disse Miss Marple.

Mr. Rafiel virou-se para ela.

— Fale, Nêmesis — disse ele. — Precisamos de referências diretas aqui.

— Eu tenho sido idiota e tola — falou Miss Marple —, mas não agora. Quando o conteúdo daquele copo que ele estava tentando fazer a esposa beber for analisado, aposto... sim, aposto minha alma imortal que se descobrirá uma dose letal de narcóticos nele. É o mesmo padrão, veja, o mesmo padrão na história do Major Palgrave. Uma esposa em estado depressivo, ela tenta tirar a própria vida, o marido a salva a tempo. Então, na segunda vez, ela consegue. Sim, é o padrão. O Major Palgrave me contou a história, sacou uma fotografia da carteira e quando olhou para cima e viu...

— Sobre seu ombro direito — disse Mr. Rafiel.

— Não — respondeu Miss Marple, balançando a cabeça. — *Ele não viu nada sobre meu ombro direito.*

— Do que está falando? Você me disse...

— Eu lhe contei errado. Estava completamente errada. Fui estúpida além da conta. O Major Palgrave *pareceu* olhar por sobre meu ombro direito, piscando, de fato, para alguma coisa. Mas ele não poderia ter *visto* nada, porque estava vendo com seu olho esquerdo, e seu olho esquerdo era de vidro.

— Eu lembro. Ele *tinha* um olho de vidro — disse Mr. Rafiel. — Esqueci... Ou não levei isso em conta. Você quer dizer, então, que ele não podia ver nada?

— É claro que podia *ver* — falou Miss Marple. — Ele podia *ver* muito bem, mas só com um olho. E o olho com que conseguia ver era o *direito*. E então, veja só, ele deveria estar olhando para algo ou alguém não à minha direita, mas à minha *esquerda*.

— Havia alguém à sua esquerda?

— Sim — respondeu Miss Marple. — Tim Kendal e sua esposa estavam sentados não muito longe. Estavam a uma mesa bem ao lado de um grande arbusto de hibisco. Estavam fazendo contas. Então veja só, o major olha para cima. Seu olho esquerdo de vidro estava encarando por cima do meu ombro, mas o que ele *viu* com o outro olho foi um homem sentado ao lado de um arbusto de hibisco e o rosto era o mesmo, apenas um pouco mais velho do que o registrado na fotografia. Também ao lado de um arbusto de hibisco. Tim Kendal havia escutado a história que o major vinha contando e percebeu que o major o reconhecera. Então, é claro, teve que matá-lo. Depois, precisou matar a garota, Victoria, porque ela o viu colocando o frasco de comprimidos no quarto do major. Ela não havia achado estranho no começo porque, é claro, seria bastante natural em várias ocasiões que Tim Kendal entrasse nos bangalôs dos hóspedes. Ele podia estar apenas devolvendo algo que fora esquecido na mesa do restaurante. Mas Victoria pensou a respeito e lhe fez perguntas, então ele precisou se livrar dela. Mas este é o assassinato verdadeiro, o assassinato que ele vem planejando há tanto tempo. Veja bem, ele é um assassino de esposas.

— Que maluquice sem sentido... — bradou Tim Kendal.

Houve um grito súbito, um grito de raiva. Esther Walters soltou-se de Mr. Rafiel, quase o derrubando, e correu pelo quarto. Ela saltou em vão contra Jackson.

— Deixe-o em paz, deixe-o em paz. Não é verdade. Nem uma palavra disso é verdade. Tim... Tim querido, não é verdade. Você nunca poderia matar ninguém, sei que não. Eu sei que não. Foi essa garota horrível com quem se casou. Ela vem contando mentiras sobre você. Elas não são verdade. Nada disso é verdade. Eu acredito em você. Amo e confio em você. Eu nunca vou acreditar em nada do que digam. Eu...

Então Tim Kendal perdeu o controle.

— Pelo amor de Deus, sua vadia maldita — disse ele. — Não consegue calar a boca? Quer me ver enforcado? Cale a boca! Cale essa grande boca horrorosa.

— Pobre criatura — falou Mr. Rafiel, suave. — Então era isso que vinha acontecendo?

Capítulo 25

Miss Marple usa a imaginação

— Então era isso que vinha acontecendo? — perguntou Mr. Rafiel. Ele e Miss Marple estavam sentados juntos de modo confidencioso. — Ela vinha tendo um caso com Tim Kendal, hein?

— Dificilmente um caso, imagino — falou Miss Marple, empertigada. — Era, suponho, uma ligação romântica com a perspectiva de casamento no futuro.

— Como... depois que a esposa estivesse morta?

— Não creio que a pobre Esther Walters soubesse que Molly ia morrer — disse Miss Marple. — Acho apenas que ela acreditou na história que Tim Kendal contou sobre Molly ter sido apaixonada por outro homem e que o homem a seguiu até aqui, e creio que ela contava com Tim conseguindo um divórcio. Acho que era tudo bastante apropriado e respeitável. Mas ela estava apaixonada por ele.

— Bem, isso é de se compreender. Ele é um camarada boa-pinta. Mas o que fez com que *ele* fosse atrás dela? Você sabe disso também?

— O *senhor* sabe, não? — indagou Miss Marple.

— Ouso dizer que tenho uma boa ideia, mas não sei como você poderia saber. E também não vejo como Tim Kendal poderia saber a respeito.

— Bem, eu realmente acho que posso explicar tudo isso com um pouco de imaginação, ainda que fosse mais simples se o senhor me contasse.

— Não vou lhe contar — disse Mr. Rafiel. — Você me diz, já que é tão esperta.

— Bem, me parece ser possível — falou Miss Marple — que, como já havia sugerido ao senhor, seu criado Jackson tinha o hábito de dar uma boa bisbilhotada em seus muitos papéis de tempos em tempos.

— Perfeitamente possível — disse Mr. Rafiel —, mas eu não diria que havia nada ali que fosse lhe trazer algum benefício. Cuidei para que fosse assim.

— Eu imagino que ele tenha lido seu testamento.

— Ah, compreendo. Sim, sim, tenho uma cópia de meu testamento comigo.

— O senhor me disse — falou Miss Marple —, o senhor me disse "em alto e bom som", como diria Humpty Dumpty, que *não* havia deixado nada para Esther Walters em seu testamento. E que isso estava claro para ela e para Jackson. Era verdade no caso de Jackson, posso imaginar. O senhor não deixou nada para *ele*, mas o senhor *deixou* dinheiro para Esther Walters, ainda que não fosse permitir que ela tivesse a menor ideia do fato. Não está correto?

— Sim, corretíssimo, mas não sei como *você* sabe.

— Bem, foi o modo como o senhor insistiu na questão — falou Miss Marple. — Tenho certa experiência no modo como as pessoas contam mentiras.

— Eu desisto — falou Mr. Rafiel. — Tudo bem. Eu deixei 50 mil libras para Esther. Seria uma surpresa agradável para ela quando eu morresse. Suponho que, sabendo disso, Tim Kendal decidiu exterminar a esposa atual com uma agradável dose de alguma coisa e se casar com 50 mil libras e Esther Walters. Possivelmente para se livrar dela no devido tempo. Mas como *ele* soube que ela ganharia esse montante?

— Jackson contou, é claro — concluiu Miss Marple. — Eles eram muito amigáveis, esses dois. Tim Kendal era gentil com Jackson, em boa parte, devo imaginar, sem segundas intenções. Mas, entre as fofocas que Jackson deixou escapar, acho que ele revelou, sem que a própria soubesse, que Esther Walters herdaria uma grande porção de dinheiro. Pode, inclusive, ter dito que ele próprio esperava induzir Esther Walters a se casar com ele, ainda que não tenha tido muito sucesso até então em fazer com que ela se enamorasse dele. Sim, acho que foi dessa forma que aconteceu.

— As coisas que você imagina sempre parecem perfeitamente plausíveis — disse Mr. Rafiel.

— Mas fui idiota, muito idiota. Veja o senhor, tudo realmente se encaixava. Tim Kendal era um homem esperto, assim como perverso. Ele era particularmente bom em espalhar rumores. Metade das coisas que me foram ditas aqui vieram originalmente dele, imagino. Havia histórias rodando por aí sobre Molly querer se casar com um rapaz indesejável, mas eu me pergunto se o rapaz indesejável não era, na verdade, o próprio Tim Kendal, ainda que esse não fosse o nome que estivesse usando na época. A família dela deve ter escutado alguma coisa, talvez que seu passado fosse nebuloso. Então ele encenou um ato de grande indignação, recusando-se a ser levado por Molly para ser "exibido" para os parentes, e assim fermentou um pequeno esquema com ela que ambos pensaram ser divertido. Ela fingiu perdê-lo e ficar deprimida. Então, um Mr. Tim Kendal apareceu, munido dos nomes de diversos amigos de longa data da família de Molly, e eles o receberam de braços abertos como sendo o tipo de rapaz que tiraria o delinquente anterior da cabeça dela. Receio que ele e Molly devam ter rido um bocado disso. Enfim, ele se casou com ela, e, com o dinheiro da esposa, comprou este lugar das pessoas que o gerenciavam, e os dois vieram para cá. Devo imaginar que ele torrou o dinheiro bem depressa. Então cruzou o caminho de Esther Walters e viu uma bela possibilidade de conseguir mais dinheiro.

— Por que ele não deu cabo de mim? — questionou Mr. Rafiel.

Miss Marple tossiu.

— Suponho que ele queria ter certeza de que conseguiria Mrs. Walters primeiro. Além disso... — Ela parou, um pouco confusa.

— Além disso, ele concluiu que não precisaria esperar muito — disse Mr. Rafiel. — E seria bem melhor para mim se eu morresse de causas naturais. Já que sou tão rico. As mortes de milionários são escrutinizadas com bastante cuidado, não são? Ao contrário de suas meras esposas?

— Sim, o senhor tem razão. Ele contou muitas mentiras — disse Miss Marple. — Veja o que ele fez a própria Molly acreditar... colocando aquele livro sobre problemas mentais no caminho dela. Dando-lhe drogas que fariam com que tivesse pesadelos e alucinações. O senhor sabe, Jackson foi bastante esperto quanto a isso. Creio que reconheceu certos sintomas de Molly como sendo efeitos alucinógenos. E foi ao bangalô naquele dia para bisbilhotar um pouco no banheiro. Aquele creme facial que examinou. Jackson deve ter tido alguma ideia das velhas histórias de bruxas se esfregando com óleos que continham beladona. Beladona no creme facial poderia ter produzido esse resultado. Molly teria apagões. Momentos que não conseguiria lembrar, sonhos de voar. Não é de estranhar que tenha ficado assustada. Ela tinha todos os sinais de doença mental, Jackson estava no caminho certo. Talvez ele tenha pegado a ideia das histórias do Major Palgrave sobre o uso de datura pelas mulheres indianas nos maridos.

— O Major Palgrave! — disse Mr. Rafiel. — Aquele homem, sinceramente!

— Ele provocou a própria morte — falou Miss Marple — e a daquela pobre garota, Victoria, e quase provocou a de Molly. Mas certamente reconheceu um assassino.

— O que a fez se lembrar de repente do olho de vidro? — perguntou Mr. Rafiel, curioso.

— Algo que a *señora* De Caspearo disse. Ela falou umas bobagens sobre ele ser feio e ter mau-olhado. Eu disse que era apenas um olho de vidro e que ele não podia evitar, coitado, então ela disse que os olhos dele olhavam para direções diferentes, eram vesgos... o que, é claro, eram. E ela disse que trazia má sorte. Eu sabia, eu *sabia* que tinha escutado algo naquele dia que era importante. Na noite passada, logo após a morte de Lucky, compreendi! E então concluí que não havia tempo a perder.

— Como foi que Tim Kendal acabou matando a mulher errada?

— Puro acaso. Creio que seu plano fosse este: tendo convencido a todos, incluindo a própria Molly, de que a esposa era mentalmente instável, e após lhe dar uma dose considerável da droga que estivera usando, ele lhe disse que resolveriam todos esses enigmas de assassinato juntos. Mas que ela precisava ajudá-lo. Depois que todos foram dormir, sairiam por caminhos separados e se encontrariam em um ponto combinado perto do riacho. Ele disse que tinha uma boa ideia de quem era o assassino e que eles iam encurralá-lo. Molly saiu, obediente... mas ela estava confusa e abobada pelas drogas e isso a atrasou. Tim chegou lá primeiro e viu quem pensou ser Molly. Cabelo dourado e xale verde. Ele veio por trás dela, pôs a mão em sua boca, forçou seu rosto contra a água e a segurou ali.

— Que sujeito gentil! Mas não teria sido mais fácil simplesmente ter lhe dado uma overdose de narcóticos?

— Muito mais fácil, claro. Mas isso *poderia* ter dado margem a suspeitas. Todos os narcóticos e sedativos foram cuidadosamente removidos do alcance de Molly, não se esqueça disso. E se ela *tivesse* conseguido um novo estoque, quem seria o mais provável a ter lhe fornecido senão o marido? Mas se, em um surto de desespero, ela saísse e se afogasse enquanto seu inocente marido dormia, a coisa toda seria uma tragédia romântica... Improvável que alguém sugerisse que ela tivesse sido deliberadamente afogada. Além disso, assassinos sempre encontram dificuldade para manter as coisas simples. Eles não conseguem se conter em elaborações.

— Você parece convencida de que sabe tudo que há para se saber sobre assassinos! Então crê que Tim não sabia que havia matado a mulher errada?

Miss Marple balançou a cabeça.

— Ele nem sequer olhou para o rosto dela, só saiu correndo o mais depressa que pôde, deixou passar uma hora, e então começou a organizar uma busca, encenando o papel de marido preocupado.

— Mas o que raios Lucky estava fazendo, andando pelo riacho no meio da noite?

Miss Marple deu uma tossezinha constrangida.

— É possível que ela aguardava para... hum... encontrar alguém.

— Edward Hillingdon?

— Ah, não — disse Miss Marple. — Isso está acabado. Eu me pergunto se seria possível que ela pudesse estar esperando por Jackson.

— Esperando por *Jackson*?

— Eu vi a moça o observando uma ou duas vezes — murmurou Miss Marple, evitando o olhar de Mr. Rafiel.

Mr. Rafiel assoviou.

— Jackson garanhão! Eu não duvidaria de algo assim vindo dele! Tim deve ter tido um surto quando descobriu que matou a mulher errada.

— Sim. Deve ter ficado desesperado. Lá estava Molly, viva e andando por aí. E a história que ele com tanto cuidado fez circular a respeito da saúde mental dela não se sustentaria, uma vez que ela caísse nas mãos de um especialista competente em saúde mental. E uma vez que ela revelasse que ele pedira a ela que o encontrasse no riacho, onde ficaria Tim Kendal? Ele tinha apenas uma esperança: acabar com Molly o quanto antes. Assim, haveria uma chance muito boa de que todo mundo fosse acreditar que Molly, em um surto maníaco, havia afogado Lucky, e depois, horrorizada com o que fez, tirado a própria vida.

— E foi então — concluiu Mr. Rafiel — que você decidiu bancar a Nêmesis, hein?

De repente, o homem se reclinou para trás e estourou em gargalhadas.

— É uma piada danada de boa — disse ele. — Se você visse como estava naquela noite, com aquele cachecol rosa felpudo ao redor do pescoço, parada diante de mim dizendo que era Nêmesis! Essa, eu nunca vou esquecer!

Epílogo

A hora havia chegado e Miss Marple aguardava no aeroporto. Um bocado de gente tinha ido vê-la partir. Os Hillingdon já haviam voltado para a Inglaterra. Gregory Dyson voara para uma das outras ilhas e havia rumores de que vinha se dedicando a uma viúva argentina. A *señora* De Caspearo havia retornado à América do Sul.

Molly viera para ver Miss Marple partir. Ela estava pálida e magra, mas havia suportado o choque da descoberta com bravura e, com a ajuda de um dos encarregados de Mr. Rafiel, para o qual ele telegrafara na Inglaterra, vinha seguindo em frente com a administração do hotel.

— É bom manter-se ocupada — observou Mr. Rafiel. — Evita que fique ruminando. Tem uma coisa boa nisso.

— O senhor não acha que os assassinatos...

— As pessoas amam assassinatos que são esclarecidos — falou Mr. Rafiel. — Siga em frente, menina, e mantenha-se animada. Não desconfie de todos os homens apenas porque você conheceu um que não prestava.

— O senhor soa como Miss Marple — disse Molly. — Ela está sempre me dizendo que o homem certo virá um dia.

Mr. Rafiel sorriu com esse sentimento. Assim, Molly estava lá, e os dois Prescott, Mr. Rafiel, é claro, e Esther — uma Esther que parecia mais velha e triste, e com a qual Mr. Rafiel vinha sendo inesperadamente gentil. Jackson também vinha sendo muito prestativo, fingindo cuidar da bagagem de Miss Marple. Ele era todo sorrisos ultimamente e deixava saber que estava atrás de dinheiro.

Houve um ronco no céu. O avião chegava. As coisas eram um tanto informais aqui. Não havia nada de "dirijam-se ao portão oito" ou portão nove. Você só saía caminhando do pequeno pavilhão florido para a pista.

— Adeus, querida Miss Marple. — Molly a beijou.

— Adeus. Tente ir nos visitar. — Miss Prescott a cumprimentou com firmeza.

— Foi um grande prazer conhecê-la — disse o cônego. — Reforço calorosamente o convite de minha irmã.

— Tudo de bom, madame — disse Jackson. — E lembre-se de que, sempre que quiser uma massagem de graça, basta me ligar e marcamos um horário.

Apenas Esther Walters afastou-se ligeiramente quando chegou a hora das despedidas. Miss Marple não insistiu. Mr. Rafiel veio por último. Ele segurou sua mão.

— *Ave Caesar, nos morituri te salutamus* — disse ele.

— Receio que não conheça muito de latim — respondeu Miss Marple.

— Mas você compreende?

— Sim. — Ela não disse mais nada. Sabia muito bem o que ele estava lhe dizendo. E falou: — Foi um grande prazer conhecê-los.

Então, Miss Marple caminhou ao longo da pista e entrou no avião.

Notas sobre
Um mistério no Caribe

A Fronteira Noroeste do Major Palgrave, mencionada na página 11, foi uma região da Índia colonizada pelos britânicos que depois passou a fazer parte do Paquistão.

Os Crimes das Noivas na Banheira, mencionados na página 14, ocorreram na Inglaterra entre 1913 e 1915, quando o bígamo George Joseph Smith matou cerca de três mulheres com quem havia se casado, afogando-as em banheiras e herdando suas posses. Ele foi condenado e enforcado.

Na página 40, Miss Marple murmura para si mesma uma frase do Ato 3 da peça *Macbeth*, de William Shakespeare.

Um *pukka sahib* — a denominação que Miss Marple não considera digna de Arthur Jackson, na página 43 — é uma gíria emprestada da língua panjábi, falada em Panjabe, uma região da Índia, e no Paquistão. O sentido literal das palavras é "absoluto", "de primeira classe" e "mestre", mas no contexto inglês significaria "verdadeiro cavalheiro" ou "sujeito excelente". A gíria era usada no Império Britânico para descrever europeus que seriam administradores indiferentes e imparciais em decisões políticas para grande parte do mundo.

As húris, mencionadas na página 59, são seres mitológicos da religião islâmica. Há um debate sobre se existiriam húris masculinos ou apenas femininos, mas, de qualquer maneira, acredita-se que sejam virgens de belíssima aparência que muçulmanos ou muçulmanas bem-aventurados recebem ao chegar ao Paraíso.

Lucrécia Bórgia, citada por Mr. Rafiel na página 68, foi a filha ilegítima de Rodrigo Bórgia, que, mais tarde, se tornaria o Papa Alexandre VI. Figura envolta em especulações sobre incesto, traições, casamentos anulados e bastardos, Lucrécia entrou para a história como uma *femme fatale*, uma mulher charmosa e irresistível, sendo representada dessa forma em filmes e livros até hoje.

A Rodésia, mencionada por Esther na página 135, foi uma colônia e, posteriormente, um estado não reconhecido pelo Reino Unido durante a Guerra Fria. Em 1965, o governo, formado majoritariamente por brancos, declarou independência da Inglaterra, adotando um regime similar ao apartheid da África do Sul. Porém, sem conseguir manter o poder ou controlar as guerras civis, o governo foi obrigado a conceder a democracia birracial em 1978. Após eleições populares, conquistou a independência completa em 1980, e a nova república foi nomeada Zimbábue.

A Mão Chifrada, mencionada pela *señora* De Caspearo na página 151, tem diversos significado em muitas culturas; No Ocidente, o gesto é popularmente ligado ao satanismo; apesar disso, entretanto, algumas culturas mediterrânicas e da América Latina usam a Mão Chifrada como forma de se proteger de demônios ou maldições e maus-olhados.

Conforme Miss Marple pensa na página 152, há uma crença inglesa de que, quando alguém ou algum animal passa por cima do lugar em que a pessoa será enterrada, ela sente um calafrio.

Os assassinos, mencionados na página 171 por Arthur Jackson, fazem referência à Ordem dos Assassinos, um grupo militar que, durante a Idade Média, ganhou fama por matar líderes muçulmanos e cristãos. Há duas origens possíveis para o nome do grupo. A primeira é que Haçane Saba, fundador da ordem, chamava seus seguidores de *assassiyun*, pois eram fiéis ao Assass, ao "fundamento da fé". A segunda (que claramente é a preferida de Jackson) é que a palavra foi trazida para o Ocidente por Marco Polo, dizendo que os inimigos da ordem os chamavam de *haschichiyun*, que significa "fumadores de haxixe", pois agiam sob os efeitos da erva preparada a partir do cânhamo para serem mais cruéis e letais.

Na página 180, Miss Marple parafraseia o Gênesis, cujo original diz: "Houve uma tarde e uma manhã: primeiro dia."

Este livro foi impresso pela Braspor,
em 2024, para a HarperCollins Brasil.
A fonte usada no miolo é Cheltenham, corpo 9,5/13,5pt.
O papel do miolo é pólen bold 70g/m²,
e o da capa é couché 150g/m².